CANTIQUE
DES TOURTERELLES

DU MÊME AUTEUR

ROMANS

L'Homme-au-Bâton, Gallimard, 1992.

Tambour-Babel, Gallimard, 1996.

Le Tango de la haine, Gallimard, 1999.

NOUVELLES

« La Revanche d'Octavie », in *Écrire « la parole de nuit », La Nouvelle Littéraire antillaise,* Gallimard, 1994.

« La Bourrique du Diable », in *Noir des îles* (collectif), Gallimard, 1995.

« Don Moril et ses deux femmes », in *Nouvelles d'Amérique* (collectif), L'Hexagone, Montréal, 1998.

« L'Envers du décor », in *Paradis brisé, Nouvelles des Caraïbes,* coll. « Étonnants Voyageurs », Hoëbeke, 2004.

POÉSIE

Au verso du silence, préface de René Depestre, L'Harmattan, 1984.

Salve et Salive, édition bilingue, Casa de Las Americas, 1991.

Boucan de mots libres, édition bilingue, Casa de Las Americas, 1991.

Babil du songer, Ibis Rouge, Kourou, 1997.

Africa-Solo, Éditions A3, Ivry-sur-Seine, 2001.

JEUNESSE

Coulée d'or, coll. « Page blanche », Gallimard Jeunesse, 1995.

L'Écran rouge, coll. « Page blanche », Gallimard Jeunesse, 1998.

Soufrières, CEDA/Hurtubise, Paris/Montréal, 2001.

Lettre ouverte à la jeunesse, Jasor, Pointe-à-Pitre, 2001.

ERNEST PÉPIN

CANTIQUE DES TOURTERELLES

roman

ÉCRITURE

Si vous souhaitez recevoir notre catalogue et être tenu au courant de nos publications, envoyez vos nom et adresse, en citant ce livre, aux Éditions Écriture,
34, rue des Bourdonnais, 75001 Paris.
Et, pour le Canada, à
Édipresse Inc., 945, avenue Beaumont,
Montréal, Québec, H3N 1W3.

ISBN 2-90924-061-4

1

Nous venions de recevoir le jugement de divorce de Jérôme. Il était accompagné d'un mot de l'avocat indiquant que, désormais, la voie était libre pour un remariage. Il nous souhaitait bonne chance pour l'avenir.

J'avais accueilli la nouvelle avec l'orgueil d'avoir gagné mon combat et la sérénité du devoir accompli. À ma grande surprise, cet événement tant attendu me laissait presque indifférente. Je n'avais pas fait de gros sauts, ni bondi de joie. Je n'exultais pas. Je me sentais même un peu fatiguée. Combien d'allées et venues devant les tribunaux ! Combien de notifications, de conclusions, de courriers administratifs ! Combien de sournoises désapprobations, d'amitiés rompues, de tracasseries quotidiennes, de révoltes exaspérées avaient bétonné notre couple ! Rescapés de tant d'adversités, nous éprouvions le sentiment de récolter le juste prix de nos sacrifices. L'heure du pain blanc avait sonné et je pouvais, enfin, envisager l'avenir d'une autre manière. Ni verrou ni entrave, la seule liberté de nous enchaîner l'un à l'autre, pour des siècles et des siècles ! Amen !

Depuis longtemps, longtemps même, nous attendions le temps de ce mariage des mariages. Alléluia !

Jérôme avait déposé le jugement accompagné d'une lettre :

Ma chérie,

Il n'y aura pas de robe blanche... Il n'y aura pas de sortie à l'église, cloches à la volée, badauds extasiés ou moqueurs... Il n'y aura pas de bouquet à la Vierge, mais mariage c'est mariage ! Même pour deux divorcés !

Ce mariage contrarié par tant de cochonneries, tu le portes en toi comme une femme enceinte. Il n'y avait pas de césarienne possible, ni herbe magique pour déclencher la délivrance.

Année après année, notre jarre d'or s'est éloignée et nous avons traversé, comme des bannis, des déserts interminables ravagés par des tempêtes de sable. Nos yeux, brûlés d'espérance, ont fabriqué des mirages. Des serpents à sonnette, des scorpions, des mygales ont envahi notre sommeil. Nous avons vu passer des caravanes tranquilles qui semblaient nous narguer et nous avons demandé pardon aux épines du soleil, à la froidure des nuits, à la moindre goutte d'eau, et nous avons fait vœu, si nous nous en sortions, de remplir de miel la première oasis venue. Nous avons mangé le temps en salade en hélant la seule fin possible : le mariage.

Je veux t'épouser parce que j'aime ton goût de source bleue née des entrailles de l'ombre. Il me plaît que tu sois fille de la campagne, et quand je marche à ton côté, je sens ton enfance me frôler avec tant de fraîcheur qu'il m'arrive d'en frissonner.

Je veux t'épouser parce que tu es à la mesure du lieu de ta naissance. Terre incrustée de bombes volcaniques. Petits jardins créoles imbriqués. Arbres dressés sur leurs ergots et chantant la grand-messe de la vie. Tout ce qu'il y a en toi de droiture vient de là. Ton besoin de dompter les ombres aussi. Et pourtant, malgré ce tourment de branches, de fougères arborescentes, de fleurs insolites et d'averses sauvages qui embrasent ton caractère, une paix majeure, profondément enracinée, équilibre ton existence et donne à tes gestes le ralenti d'une douceur. Je capte tout cela dans tes veines et dans ton rire de chute d'eau.

Je t'aime pour cela et je veux t'épouser afin d'ancrer mon corps dans ta joie de vivre. Je veux te rendre cette justice pour effacer les cicatrices des jours maigres.

Je veux pour toi, pour nous, ce petit plus d'honorabilité. Un papier-l'État !

Je crie oui de toutes mes forces et j'attends l'écho de tes lèvres.

Il n'y aura pas de bouquet à la Vierge mais simplement nos cœurs vivants. C'était dit et prédit... Ainsi la rivière va à la mer... Ainsi sera-t-il !

Ton Jérôme.

Quelle femme n'aurait été contente de recevoir pareille lettre ? Au lieu de me réjouir, elle me plongea dans un tourment sans fond. Tout semblait me sourire, et pourtant, je me sentais mal, comme quelqu'un qui n'a pas encore trouvé sa place.

L'histoire d'un couple est semblable à l'histoire d'une nation. Elle vient d'un manuscrit brouillé dont la mémoire ne retient que les pages les plus nobles ou les plus sombres. C'est une toile d'araignée tissée avec les souvenirs d'un temps de plus en plus symbolique.

Je repensais à mes premiers pas au côté de Jérôme.

Nous avancions nos émotions comme des pions sur un échiquier. Nous partions dans les hauteurs avec, à nos pieds, le spectacle de la ville en marche vers la mer. D'immenses verdures épousaient les bosselures du paysage. Et il nous semblait que tout, vallées, coulées, falaises, jardins suspendus, maisons accrochées, cambrures des vagues, ne vivait sous le soleil que pour nous deux. Comment dire la soie des mots doux ? Les débuts ressemblent toujours à une symphonie. Maintenant, une nappe de silence épaissit l'eau saumâtre où pourrissait le temps d'avant. Comment dire mes silences de femme ?

Jérôme me croyait forte. Il me répétait que nous n'avions que nous deux pour faire une histoire d'amour. Je me suis attelée à la tâche. J'ai repoussé des attaques, défait des guérillas, déjoué des pièges, attaqué des bastions, creusé des fossés, élevé des remparts. J'ai livré bataille sur tous les fronts et j'ai fini par obtenir la reddition de tous ceux qui se croyaient maîtres de notre destin. Jérôme me croyait forte, alors qu'en réalité *je n'avais pas le choix*. Il me décerna tous les titres, tous les grades qui honorent les grandes épouses royales. Du fond de son cœur, il était persuadé de former avec moi l'armée des invincibles. Il louait ma confiance en l'avenir. Il appréciait mon sens de la rigueur, de l'épargne, de la prévoyance. Il faisait l'éloge de mon sérieux. *Je n'avais pas le choix !* La vie ne m'avait pas donné de répit pour la légèreté, ni pour les fantaisies. Jérôme me croyait forte et me reprochait même d'être trop dure. Il murmurait, avec compassion : « Desserre ton frein à main, ma petite fille ! » Je lui répondais : « Je suis obligée d'être comme je suis ! »

Je n'étais qu'une femme qui devait faire face, dos au mur ! Il ne connaissait de moi que la guerrière droite dans son armure, que l'impératrice aux yeux rougis par l'orgueil. Il m'appelait l'Intransigeante. C'est tout ce qu'il voulait voir. Comment dire mes espièglerie, mes ruminations, mes flambées de mauvaise humeur, mon inconfort ? Il me trouvait trop sérieuse pour mon âge. Il m'appelait mâle-femme, pied de fierté, et pour de vrai, il se sentait plus lourd et plus puissant à mon côté, oubliant qu'en toute femme sommeille une petite fille qui veut vivre son rêve.

Connaître demande une science des profondeurs. Jérôme ne l'avait jamais apprise, aveuglé qu'il était par l'évidence de notre vie commune. Rien ne va jamais de soi et je découvrais que les certitudes les plus établies peuvent s'effondrer un jour devant l'irruption de l'imprévisible. Il est des situations dont l'intensité brûle les frontières du quotidien pour conquérir des territoires sans cadastre connu.

Pour l'heure, cette demande en mariage me désarçonnait et je constatais, effarée, qu'après avoir tant attendu, je n'étais plus disponible pour lui.

L'aimais-je encore ? L'avais-je aimé autrefois ? Je n'en savais rien. En moi, quelque chose demandait à vivre et ce n'était pas avec lui. Il était à mes pieds et cela ne me suffisait plus. Je ne pensais pas à lui, et ce qui bouleversait ma vie ne le concernait pas. Pour la seconde fois, je me sentais prête à tout lâcher. Comme si l'idée d'un couple réussi me paniquait, j'avais envie de démolir, moi-même, le château de sable que je m'étais donné tant de peine à bâtir. Quelque chose de nouveau ébranlait mon cerveau.

Mon moi se réveillait, m'envahissait et me dévorait. D'où venait-il ? Où allait-il ? De plus en plus, il revendiquait. Il contestait. Il se fâchait. Il avait planté d'autres racines dans ma chair et voulait maintenant dresser son tronc, ouvrir ses branches, et trouer le ciel des jours ordinaires. Je me durcissais pour ne pas me désintégrer. Je disais « moi » et j'étais bien en peine de savoir de quel « moi » il s'agissait.

J'avais été la fille de mes parents, l'épouse de mon mari, la compagne de Jérôme, et voilà qu'une étrangère se glissait dans ma peau. Elle voulait rire à tue-tête jusqu'à faire frissonner les étoiles. Elle voulait un autre combat, une autre raison de vivre. Elle ne voyait derrière l'ennui des jours que le gouffre effrayant de la vieillesse.

C'est lorsqu'on a tout gagné qu'on commence à tout perdre. Montait en moi le vertige qu'éprouve le guerrier devant un champ de bataille encore fumant. Il refuse de croire que tous ces regards épouvantés, tous ces mutilés, tous ces morts sont le vrai visage de sa victoire. Il refuse de croire que, désormais, sa vie s'arrête là et qu'elle ne sera plus que l'immense tombeau de la paix. L'étrangère en moi brandissait son étendard, cabrait son cheval et filait droit devant elle. Je ne voulais pas regarder en arrière. Qu'avais-je à héler ?

Le cri féroce de l'amour dans la gueule d'un cyclone ! Il naît ainsi, du côté du Japon, des murailles d'eau salée dont la mer même a peur. Elle creuse ses reins de bête folle avant de broyer les maisons, les animaux, les routes, les hommes et tout un lot d'existences.

Qu'avais-je à héler et qui semblait trop lourd pour le dire ?

J'habitais une mangrove torturée où sombrait lentement la carcasse de ce qui fut, jadis, notre émerveille. Mon corps fondait à vue d'œil. Jérôme pensait que je faisais un régime. J'étais devenue mon propre champ de bataille et, pour la première fois, je me sentais faible.

2

Au début, je n'ai pas remarqué la beauté de Mélodie. Rien d'ostentatoire ! Au contraire, elle s'harmonisait avec sa personne avant de se révéler par petites touches. Elle ne se percevait pas d'emblée. Elle ne foudroyait pas. Elle prenait possession de manière progressive avant de s'imposer de manière captivante comme l'empreinte d'un baiser sur des lèvres coupables.

Étrange beauté, soulignée par des yeux dont l'ardeur contrastait avec l'aspect voilé de son regard. Beauté d'une absence matérialisée dans un corps de femme, d'une irradiation émise depuis des millénaires. Ni le temps, ni l'instant n'avait de prise sur elle, et pourtant, elle m'attirait comme une pierre lumineuse tombée d'une planète inconnue. Sa tête ronde ne révélait rien de ses véritables pensées. Elle tournait doucement sur son cou pour capter des visions qu'elle avalait sans en restituer la moindre miette. Son corps, enfermé sur lui-même, n'offrait aux autres – même lorsqu'elle se baignait à demi nue – que la résistance d'une sensualité candide. Tout cela sans affectation aucune. Pas de maquillage. Pas de bijoux. Un parfum discret. Malgré tant de sobriété, il émanait d'elle un magnétisme dont j'ignorais le pourquoi. À distance de tout, elle se laissait aimer pour survivre à son manque d'amour. C'était une femme-piège comme il existe des plantes carnivores.

Mélodie était et n'était pas.

Elle se cachait ailleurs sans qu'on sût exactement dans quel repli d'elle-même. Celle qui se tenait devant vous, en chair et en os, c'était Mélodie. Celle qui errait entre songes et rêveries, c'était encore Mélodie. Celle qu'absorbaient des ombres et d'invisibles chimères, c'était toujours Mélodie. Elle semblait ne rien demander, ne rien attendre. On eût dit un navire perdu dans une forêt vierge et qui continue à voguer sur les flots d'une vie antérieure.

Au fil des jours, j'avais deviné une Mélodie plus secrète et plus fragile. Pleine d'angoisses rentrées dont les saillies brûlantes perçaient la prunelle noire de son regard, elle ruminait la mort de son père. Et depuis cette disparition, elle tanguait à l'intérieur d'elle-même, emportée par une mélancolie qu'elle tentait d'endiguer avec des hoquets de rires. Le plus sérieusement, elle s'appliquait à vivre en petite fille rangée afin d'apaiser ses inquiétudes. Cela lui donnait un air de madone incapable d'écraser une fourmi de peur de déséquilibrer son monde intérieur. Comme il lui fallait un lien avec la vie, Flash, son caniche, était l'objet de toutes ses attentions. Elle lui donnait sans compter en recherchant, à travers lui, cet amour sans limite auquel son père l'avait habituée. Elle le nourrissait plus que de raison, le caressait constamment et faisait son éloge à tous ses visiteurs. Flash, petite boule de chair et de poils, régnait silencieusement en trottinant pour recevoir son lot de doucines.

J'avais connu Mélodie par hasard. Je me souviens seulement que, par une belle journée, Messala m'avait demandé de l'accompagner chez une amie.

À l'époque, je fréquentais beaucoup Messala. C'était une fille gaie. Une allumeuse de feu toujours soucieuse de plaire à des grappes d'hommes qu'elle croquait en vitesse après avoir mûri des stratégies compliquées. Cheveux décolorés, elle jetait sur l'existence des yeux avides où l'angoisse et la souffrance prenaient une large part. À coups d'interdits, elle défiait la vie et savourait sans remords le goût de ses péchés. C'est elle qui nous a présentées, et depuis nous avons pris l'habitude de nous rencontrer. Quelques mois plus tard, Messala quittait définitivement le pays et, déséquilibrée par son absence, je trouvai en Mélodie mon refuge et mon onguent.

Elle vivait alors avec Rosan qui n'avait aucune activité stable et estimait que son amour pour Mélodie suffisait amplement à justifier sa présence sur terre. Il passait la plupart de ses journées à peindre le ciel en bleu, à ferrer les chiens errants, à masser les rhumatismes des moustiques, à tailler les ongles des ravets, à charroyer l'eau des rivières dans des paniers d'osier, à astiquer le soleil et à fermer les paupières de la nuit. Il ouvrait chaque matin les trente-six mille portes de son palais enchanté avant de revenir à sa seule et unique obsession : Mélodie !

Mélodie se laissait faire. Se laissait aimer à la manière d'une fleur qui s'incline sous la caresse du vent. Elle ne vivait pas son amour. Elle s'en nourrissait comme une algue flottante. Tapie dans sa douceur, elle feulait en émettant des signaux langoureux que Rosan confondait avec l'expression d'un bonheur parfait.

En vérité, exilée dans un autre monde, elle frôlait son existence sans jamais y entrer, et tout lui paraissait l'ébauche d'un possible toujours inachevé. Rosan en faisait partie comme le substitut d'un Rosan imaginaire dont elle préférait ne même pas rêver. Sa façon de l'aimer se résumait à cet air de quiétude sucrée qui maquillait son visage et mettait sur ses lèvres un sourire délivrant un parfum de solitude. Tout en elle huilait les rouages de la vie. Sa démarche un peu molle, ses gestes trop lents, son rire retenu, et surtout, sa voix presque chuchotante comme la plainte d'un roseau.

Nous avions pris l'habitude d'aller chez Mélodie. Elle habitait un petit domaine composé d'une maison créole, d'une piscine et de deux bungalows. Le tout disposé en file indienne sur un terrain étroit et bien protégé des regards indiscrets par de hauts murs.

Les retrouvailles nous rassemblaient autour d'une table ronde dont la nappe bleue répondait en écho à la piscine. Le jardin où s'épanouissaient des multipliants, des palmiers nains, des hibiscus, des orchidées, des alamandas jaunes et violets, des buissons ardents, nous procurait la sensation d'habiter un morceau de paradis taillé pour nous sur mesure.

Combien et combien de jours avons-nous passés, tous les quatre, dans une ambiance heureuse ! Rosan, grand cuisinier devant l'Éternel, préparait des plats à se nicher-lécher les doigts. Le punch au maracudja, le vin, le champagne grisaient nos cerveaux et nous faisaient nous casser en mille éclats de rire.

Combien de dimanches furent des fêtes de l'amitié. Nous les appelions nos « diamanches ». Jérôme, toujours désireux de faire corps avec l'instant, s'écriait avec emphase : « C'est la maison du bonheur ! »

Pour de vrai, c'était la maison du bonheur. Dans la piscine, seins nus, un verre de whisky à la main, Mélodie et moi laissions flotter nos paroles et nos cris de petites filles en récréation.

C'était la maison du bonheur où passaient, comètes cycliques, des amis en quête de réconfort, d'un besoin de folie douce ou simplement d'un battement de langue. Elle soutenait les uns, écartait les autres, resserrait au fur et à mesure les liens de la famille d'élection, de plus en plus chaleureuse, que nous avions formée.

C'était la maison du bonheur où nos vies voletaient tels des papillons ivres et conjuguaient des joies de vacanciers émerveillés.

Je vivais. Je revivais ! Je me gorgeais de toute cette chance qui me tombait dessus après bien des déboires. Jérôme était heureux de me voir éclairer l'eau bleue avec la lumière de mes seins. Je n'avais jamais aimé m'exhiber et, pour cette raison, j'avais toujours refusé d'aller prendre un bain de mer ou de piscine avec Jérôme. Je ne sais pas nager, répondais-je pour m'excuser. Maintenant, mon corps m'entraînait dans le ballant d'une liberté nouvelle pour moi. J'enfilais rires sur rires et mes yeux ruisselaient de paillettes dorées. J'étais heureuse, heureuse d'être heureuse, heureuse de tous ces petits riens qui rythmaient désormais ma vie de femme. À trente-neuf ans, je faisais le plein avec une énergie inhabituelle. Le plein de ma propre plénitude. Le plein de tout ce que m'offrait la maison de Mélodie. Enfin, je pouvais dire merci à la vie.

Jour après jour, sans y penser, nous nous rapprochions l'une de l'autre. Ensemble dans la cuisine à l'occasion d'une vaisselle. Ensemble dans la piscine dans un duel de seins nus. Ensemble devant la télévision. Ensemble, soudées par la joie de vivre, *entre femmes*, des gamineries espiègles. Nous nous accordions et jumelions nos arguments au cours d'interminables discussions. Nous entrelacions nos voix et tressions nos batifolages en totale communion.

Avec Mélodie, nous nous retrouvions souvent loin du regard de nos hommes. Jérôme ne s'en alarmait pas, mais Rosan devint soupçonneux. C'est avec agressivité qu'il m'apostropha : « Qu'est-ce que tu racontais à ma femme dans la cuisine ? Je n'aime pas les messes basses ! » Interloquée, giflée par la honte, je demeurai sans voix. Nous parlions de choses sans importance qui ne concernaient personne d'autre que nous. Les dates de nos règles. Le prix d'une culotte. Les manies de nos concubins. La qualité d'une crème de beauté. Etc. La question de Rosan me choqua suffisamment pour m'amener à m'interroger sur la nature de mes relations avec Mélodie. Pour moi, c'était une excellente copine dont la présence démultipliait ma vie. Il m'était arrivé de me baigner nue devant elle. Elle s'était extasiée devant les formes de mon corps et j'avais cru deviner dans ses yeux l'éclair d'un trouble. Elle m'avait avoué qu'elle admirait mes seins. Moi-même, je prenais plaisir à partager avec elle des moments d'intimité dans une salle de bains ou dans une cabine d'essayage. Mais de là à penser que... J'en voulus à mort à Rosan. Compte tenu de mon caractère, j'aurais dû cesser toute relation avec Mélodie. Quelque chose de plus fort que moi m'en empêchait. J'en fus bouleversée.

Je pris conscience que Rosan, à part nous, ne supportait personne dans l'entourage de Mélodie. Il rugissait pour un rien, dénigrait tout le monde et voyait partout un danger. Un placide jardinier subit son coup de gueule et refusa illico de continuer à entretenir notre éden. L'herbe poussa et Mélodie fut contrainte d'engager quelqu'un d'autre. Ce fut ensuite le tour d'un locataire qui occupait paisiblement l'un des bungalows. Offensé par une éruption d'injures, il décampa net en laissant Mélodie dans l'embarras. Rosan n'en avait cure ! Il tempêtait en maître et seigneur des lieux, qu'il désertait au gré de ses virées. Pour finir, il abattit sa fureur sur des amis de passage que Mélodie hébergeait. Ils déménagèrent là même, fuyant l'offense et l'offenseur. Rosan déblayait, dépaillait, creusant un beau vide autour de sa Mélodie. Nous mis à part, personne ne résistait.

Désert grandissait et Mélodie démembrait ses émotions. Ses doigts, excédés, égrenaient une rage. Ce qui s'amassait dans leur ciel éclata d'un seul coup. Rosan, après avoir explosé, s'en alla vers un autre gibier, nous laissant en de longues supputations sur son comportement.

Ce que Rosan voulait par-dessus tout, c'était le consentement de Mélodie. Un consentement sans concession, raide comme barre de fer. Ce que Rosan ne supportait pas, c'était d'accepter que sa Mélodie ait pu vivre sans lui, et avec *des milliers* d'autres, les années qui avaient séparé ses premières défailles d'adolescente de leurs retrouvailles. Mélodie, parée des palmes des premières amours, aurait dû l'attendre avec l'immaculée blancheur d'une vierge confite. Le dépucelage dont il avait été l'auteur n'y changeait rien. Il lui prêtait, dans ses heures de colère, des frasques lesbiennes, des cargaisons d'amants, des turpitudes d'oiselle écervelée, des chaleurs consommées avec tous ses amis, des bagatelles inavouables, des grattelles infamantes, des bouffées de drogue, des putasseries infernales, et toutes sortes de fièvres de pécheresse immorale. Ayant ainsi déchargé, il concluait, généreux, les yeux humides, les paupières baissées : « C'est parce que je l'aime… » Le reste de la phrase se mourait dans une faiblesse de cœur et sa voix s'éteignait subitement.

Une fois encore, il était parti, et nous emplissions le nid d'un peu plus de complicité, comme des enfants qui se serrent les uns contre les autres quand gronde l'orage.

Nous étions toujours là. Là toujours ! Inséparables !

Un événement modifia la donne et transforma mon destin.

Regina, sœur de Mélodie, venait de temps à autre. Elle tomba d'amour pour un nommé Félix qu'elle avait croisé dans son adolescence. Un rien tourmenté, souvent provocateur, Félix se métamorphosa en agnelet tendre. Il téta goulûment ce bonheur un peu froid que lui servait Regina. Il se fit pigeon voyageur entre Saint-Martin, où elle résidait, et la Guadeloupe, agent payeur de billets d'avion, teneur de compagnie, décrocheur de pleine lune, passionneur transi et jalouseur plus raide encore. À les voir, tête contre tête, nous pensions que les fils de leurs cœurs donnaient un beau son de banjo-guitare. Félix le croyait aussi, mais il entra dans un labyrinthe de doutes informulés, de colères malvenues, d'insinuations bizarres par quoi se signalent les craquements d'un état de grâce. La vie reprenait le dessus, avec ses poussées d'incompréhension et ses mauvais dialogues où les mots se salissent lorsqu'ils traînent dans la sauce du ressentiment. Un genre de mauvais temps secoua leurs relations. La faille tourna faillite et nous n'entendions plus que les râles d'agonie des amours qui se meurent de trop d'amour. D'un seul coup, leur ciel prit une vieille qualité de couleur noire. Après la pluie vient beau temps, dit la parole, mais dans leurs affaires, le soleil lui-même prit peur ! La crise éclata, péta à des kilomètres de hauteur ! Félix largua des paroles à mauvaises odeurs. Des modèles de paroles qui dorment dans le sac des hommes trahis (ou qui croient l'être !), des paroles sans couvercle et, pour ne rien cacher, des paroles sans respectation.

Comme quoi Regina menait double jeu à croire ces espions qui travaillent pour deux maîtres.

Comme quoi Regina menait double vie, l'une en Guadeloupe et l'autre à Saint-Martin. Comme quoi – et là sa voix monta vers les aigus – Regina conduisait deux amours en même temps, l'un avec la main droite et l'autre avec la main gauche. Comme quoi, si sa figure est belle, le restant laissait à désirer. Comment expliquer qu'il vienne la voir à Saint-Martin et qu'il trouve un Monsieur l'Inspecteur toujours fourré dans ses pattes avec, de surcroît, des manières un genre trop sucre, trop miel pour être catholiques ? Examens à préparer, concours à passer, visites pédagogiques n'expliquaient pas pourquoi le Monsieur l'Inspecteur se rapprochait trop près du tableau noir de Regina, de l'encrier de Regina, du sac d'école de Regina, ni pourquoi Regina ne faisait pas comprendre ça à ce Monsieur l'Inspecteur au lieu de tortiller son derrière comme un ver de terre en chasse, au lieu de doucir sa voix et de sortir ses dents du garage de sa bouche chaque fois que le malheur mettait le Monsieur l'Inspecteur sur son chemin, y compris en dedans de chez elle !

Alors là, Regina, d'habitude réservée, marchant sur pointe à pieds et parlant sur bout de langue, estima que Félix avait gâté son sang. Elle avait commencé par faire la sourde oreille, la tèbè gaie dont la comprenette était trop simplette pour piper des malparlances. Puis, elle leva sur Félix des paupières qui couvaient des petits diables rouges. Lorsqu'elle ouvrit les yeux, Félix y vit les flammes de l'enfer. Elle passa à l'offensive. Elle traita Félix avec toute l'indignation d'une femme dérespectée. Elle lui rappela qu'elle ne lui avait pas demandé ce qu'il vendait et que c'est lui, le scélérat, qui était venu proposer sa camelote de pacotilleur devant sa porte. Elle lui rappela qu'il l'avait trouvée dans sa tranquillité de mère qui ne cherchait pièce tracas pour son corps. Elle lui rappela que, même si elle ne se prenait pas pour la Vierge Marie, elle n'était pas une de ces femmes qui relèvent le compteur des hommes pour savoir ce que midi apporte sur leur table. Changeant de registre, elle le décortiqua comme langouste échaudée. Elle lui parla de lui, de son immaturité, de ses graines vertes, de son esprit étroit comme fesses à maringouins, de sa jalousie débile, bobo qui pourrissait son âme, et pour finir de sa manière faiblarde d'honorer le dedans de sa chair. Passant à une autre vitesse, elle lui expliqua que ce n'était sa faute, à elle, si sa maman n'avait pas réussi à lui donner confiance en une femme. Elle se proclama propre devant, propre derrière, propre tout partout, et elle conclut que la seule malpropreté de sa vie c'était d'avoir accepté – mon Dieu pardon ! – de se commettre avec un homme flot comme lui. Alors que Félix avait déjà offert bague de fiançailles et décidé de la date du mariage, elle rompit net, sans appel.

Ce que Félix ne savait pas, c'est que Regina était une femme-chirurgienne qui manie bien le bistouri. Toujours incertaine de sa destination, elle pouvait s'arrêter en pleine mer, faire machine arrière et virer de bord. Peu lui importait le sillage de pleurer qu'elle laissait derrière elle ! Elle s'inventait un autre destin sans une once de remords, allant devant-devant sur la seule route qui compte pour elle : la sienne !

Quand il comprit son malheur, Félix disparut sans laisser de trace. Pas une lettre d'explication ! Pas un coup de téléphone ! Pas un message caché pour être trouvé ! Rien !

Angoisse levée dans nos têtes ! Déposition à la gendarmerie ! Veillée tourmentée où même le silence fait mal… Allées et venues… Regina, trop loin pour s'émouvoir… Temps suspendu au temps… Hypothèses ! Spéculations ! Qu'a-t-il fait avec son corps ? Personne ne prononce le mot « suicide », mais on ne sait jamais… Une odeur de culpabilité monte… Un jour… Deux jours… Trois jours… Quatre jours… Sans compter les nuits plus lourdes ! Rien à l'horizon ! Pas de nouvelles !

Nous roulions des yeux creux, inquiets. Nos têtes portaient une charge de migraines. Le temps s'étirait, s'allongeait, s'effilochait. Nous avions beau mâcher, nous n'arrivions pas à l'avaler. Où était passé Félix ? La question fatiguait. Nous étions encore en train de la poser lorsque l'homme réapparut. Mal rasé, amaigri, il ressemblait à un cochon planche. Derrière ses yeux blessés, une tonne de silence. Il ne bailla aucune explication. Ne se justifia pas. Reprit à tâtons son chemin de croix. Regina ne mollit point. Elle avait tourné dos ! Elle cinglait vers d'autres rives, sans se poser de questions inutiles. Cette épreuve nous avait rapprochées comme si nous avions fabriqué ensemble un cadavre qu'il fallait désormais porter toutes les trois.

Elle avait surtout contribué à nous rapprocher, Mélodie et moi. En effet, pour calmer les angoisses de Mélodie, j'avais souhaité rester veiller avec elle. C'est ainsi que dès la seconde nuit de cette disparition, je dormais avec elle. Cela dura une semaine. Nous ne demandions rien d'autre que de tresser à quatre mains les fils tirés des jours. Rosan avait pris le large au fond d'une tanière où il léchait ses plaies. Son ombre même s'était évaporée. Il n'était plus, entre nous, qu'un sujet de conversation. Une sorte de vieux rafiot dont la sirène, trop lointaine, hurlait en vain. Il s'était retiré. Il croyait pouvoir assiéger avec les armes du manque, oubliant qu'en temps de disette, les chattes tètent les souris. Je pouvais enfin me déployer dans l'enceinte du jardin. J'accrochai, sans retenue, mon rire aux arbres. J'illuminai la cuisine, la piscine, la chambre, le cœur de Mélodie. Elle s'abandonnait à feux doux, innocente, trop innocente. Elle multipliait les occasions, multipliait le temps en ronronnant dans sa chaise longue, dans son lit à colonnes, dans son for intérieur, telle une chatte comblée par sa petite souris.

3

Nous étions dans la piscine lorsque Mélodie m'annonça avec des yeux brillants que sa copine Valérie allait venir s'installer dans l'un des bungalows.

— Pour combien de temps ?

— Je ne sais pas. Elle a des problèmes avec son gars en Guyane. Elle s'est mise en congé pour faire le point.

— Pourquoi nous, les femmes, avons toujours besoin de faire le point ?

— Peut-être parce qu'il nous faut vivre dix mille vies, alors que nous n'avons qu'un seul corps !

— C'est bien vrai ! J'ai l'impression que je n'ai jamais vécu pour moi ! À mon âge !

— Qu'est-ce que tu entends par là ?

— Eh bien, c'est « tout pour Jérôme ». Je dois le réveiller le matin. Je lui porte son café au lit. Je gère les comptes. Je dois lui rappeler ceci, lui rappeler cela !

— Ma chère, je n'aurais pas aimé être à ta place. Moi, si un homme m'aime, c'est lui qui doit tout faire pour moi ! Je lui donne déjà mes fesses, c'est bien suffisant !

— À propos de fesses, je trouve Jérôme un genre vorace.

— Ça devrait te plaire.

— Non, ça m'agace parfois ! Je ne suis pas un trou !

— Tu sais tous les hommes sont pareils à ce niveau-là. Toutes les femmes se plaignent de ça ! On a l'impression de n'être qu'un paquet de viande où ils viennent faire leurs affaires.

— Regarde, nous sommes là, l'une à côté de l'autre, et nous nous sentons bien comme ça. On n'est pas obligées d'être toujours l'une sur l'autre !

— Oh ! à côté aussi c'est bon !

— Cesse de plaisanter ! Parfois ça me rend triste quand j'y pense… Dès que nous sommes dans un lit, je sens le machin de Jérôme qui durcit dans mon dos et puis wop !

— Et pourquoi pas dans la cuisine ou sur la pelouse ?

— Il voudrait bien, mais moi… Il faut que je le freine. Il est tellement… excessif ! Il veut toujours plus !

— C'est parce qu'il t'aime.

— Jérôme aime les femmes. C'est moi qui dors dans son lit, c'est tout ! Ce qu'il lui faudrait c'est une poupée gonflable.

— Tu es dure avec lui ! Moi, je le trouve très attentionné, très cool !

— C'est vrai que, par certains côtés, c'est un mari formidable. Mais il y a tellement de petites choses qui gâtent tout. Je ne sais pas… Des fois…

— Des fois ?

— Des fois, je ne ressens rien. Et puis on est toujours ensemble ! J'ai envie de faire des choses pour moi. Par exemple, décider moi-même d'aller ou de ne pas aller quelque part. Je ne suis pas obligée d'aimer ce qu'il aime !

— À mon avis, tu ne l'aimes plus ! Tu l'aimes par habitude ou par contrainte, mais il n'y a plus de flamme entre vous.

— Et pourtant, il compte beaucoup pour moi ! En fait, ce n'est pas lui qui est en cause. C'est mon « moi » !

— Ma chère, tout ça est bien compliqué ! Viens que je t'embrasse !

Je me laissai faire distraitement en pensant à tout ce que je venais de dire. Je n'arrivais pas à voir clair dans ma tête et dans mon cœur. Pour ne pas gâcher le moment, je demandai à Mélodie de me parler de Valérie. Je redoutais sa présence entre nous. Il y avait déjà Jérôme, et c'était bien suffisant. Selon moi, la barque était pleine.

Mélodie ne répondit pas aussitôt.

Alors que je ne m'y attendais pas, après la baignade, elle interrompit son morceau favori pour lâcher un solo de paroles. Elle semblait psalmodier un long poème qui la mettait dans un état second. En fait, cette scène étrange dura plusieurs soirs. J'ai tout enregistré sur une cassette.

(Solo du premier soir)

Mon amie de trente ans. Celle qui me connaît le mieux et qui m'a accompagnée au cœur des forêts vierges quand le monde naissait en moi avec ses dix mille bras pour saisir les matins du bonheur et du malheur.

Quand rôdaient les grands fauves… Ils m'emportaient, toute brûlante, au bord des fleuves, au temps des lunes rouges, pour me faire vivre, au tréfonds de mon corps, des dangers de pirogue affrontant les grands sauts, des démangeaisons de fourmis manioc charroyant mes lambeaux de chair vive, de douces perditions dans les sables mouvants d'une jeunesse pleine d'audace, de fournées d'émotions, de salades de peur bleue, de frissons d'orgasme, de fausses repentances, de transgressions qui ne connaissaient ni le bien ni le mal, mais la fermentation du plaisir de vivre et d'épuiser mes soifs.

(Solo du deuxième soir)

Valérie a connu mon défunt père. C'était un homme distingué, généreux et fidèle qui fut pour moi une mère aimante jusqu'à la démission. Par-delà son goût pour la musique classique, son dégoût du vulgaire et sa sagesse de prince, il s'était fait le gardien de toutes mes ferveurs et le port que je retrouvais toujours après mes dérives. Il ne m'a rien interdit. La bonté même pour moi… Non par refus de voir mes voltiges mais, au contraire, par foi en cette mansuétude que seuls connaissent ceux qui ont exploré le souffrir.

(Solo du troisième soir)

Cet homme-là, mon père, m'a aimée au plus haut de l'amour, et si un seul homme sur terre prétend m'aimer autant, qu'il se présente à l'appel des vaillants car, depuis tantôt, je l'attends. Je n'étais pas ses yeux. J'étais ses entrailles et, lorsqu'il me regardait, du haut de son vol intérieur, je voyais flotter son cœur dans un halo calme et tranquille. Il me rassurait, non par sa toute-puissance, mais par une sorte de rapport serein avec tous mes démons.

Je pouvais disparaître, plonger dans des fournaises, me noyer dans des torrents de nuits blanches, commercer avec les zombies, il m'attendait toujours, debout sur son amour. Je revenais, sans lui livrer mes récoltes, toute mouillée par mes émotions, avec cet air libre qu'ont les oiseaux migrateurs, et le souci de mettre mes illusions à l'abri de mes silences et de mes défaites. Il m'attendait avec, au fond de lui, cette confiance qui lestait nos deux vies.

Auprès de lui, je ne tanguais pas. Je m'amarrais à sa tendresse (comme je le fais avec toi !) le temps de faire une bonne provision de sécurité, de démêler mes rêves, de m'en aller à tire-d'aile vers d'autres découvertes.

Sa voix sonnait comme un cor. Elle me reliait à un monde où je n'avais qu'à déposer la plante de mes pieds pour me sentir debout.

(Solo du quatrième soir)

À cette époque, j'étais loin de me douter qu'il me manquerait à ce point, tant je l'avais élevé au rang des immortels. Il mettait de l'ordre. Il se mettait en ordre. Je faisais partie de son ordre, et mes sauts de cabri n'étaient pour lui qu'une autre façon de vivre les battements de son cœur.

Il m'aimait et, sans le vouloir, m'enseignait l'art de recevoir sans pourquoi. Je n'ai pas compris alors qu'un amour aussi incommensurable ne puise sa force que dans les profondeurs d'une blesse.

Cet amour-là, qui laisse libre de voler et de se perdre, qui protège sans barreaux ni cadenas, dont l'heure est toutes les heures, je l'ai cherché partout et le cherche encore.

(Solo du cinquième soir)

Valérie a connu tout cela avec moi, depuis la maternelle. Elle peut en témoigner et c'est pourquoi notre lien est si fort. Il faut des témoins pour empêcher les légendes de mourir.

Elle me montra la photo de son père. Une photo de gardien du temple. Une photo dont les yeux vivaient encore et projetaient sur nous l'infini d'une prière. Son visage adoucissait le monde, tout en le prenant de haut. Il y avait du séminariste dans cet homme.

Elle avait parlé sans larmes parce que son père, même mort, n'appelait aucune larme. Il continuait à être son refuge. Cette photo n'était pas là pour être regardée mais pour la regarder sans la juger. Je crus l'entendre dire : « Fais attention, ma fille, fais attention car je n'ai plus que la force des morts ! Les vivants sont si méchants ! »

Après chaque solo, nous trinquions en frottant lascivement nos coupes l'une contre l'autre. C'était notre manière de souhaiter la bienvenue à Valérie.

Mélodie avait parlé comme une griotte. Je l'avais écoutée et son histoire m'avait bouleversée. Un mystère subsistait néanmoins. Comment pouvait-elle s'exprimer ainsi ? Elle m'avoua, des mois plus tard, qu'elle rédigeait son journal et qu'elle apprenait par cœur certains passages.

— Tu dois écrire plein de bêtises sur moi !

— Pourquoi voudrais-tu que j'écrive des bêtises sur toi ? Ah ! Ah ! Ah ! Tu es trop curieuse ! Peut-être que tu sauras un jour ! Si tu es sage !

— Je n'ai pas envie d'être sage. J'ai été sage trente-neuf ans durant. Ça suffit comme ça !

— Je dis ça pour t'embêter, ma chère...

— En tout cas, je suis pressée de connaître Valérie !

Valérie débarqua.

Il m'arrivait souvent de la disséquer pour tenter de savoir qui habitait sous sa peau. Une femme ne se fie jamais aux apparences. Elle veut savoir où elle peut mettre sa confiance. Il y a tellement de trous à crabes autour de nous !

Valérie était une femme élancée. Une femme-tournesol dont le corps, juché sur des échasses, gardait le souvenir de son adolescence. Ainsi, ses seins menus et fermes, à l'opposé de mes grosses poires, pointaient comme des fruits passés trop vite de l'état de belle promesse à celui d'une maturité inachevée et inachevable. Ils donnaient à sa poitrine, lorsqu'elle se dévêtait, une sorte de fraîcheur de pucelle inoffensive. Son visage accentuait encore cette impression juvénile. Visage rieur d'où s'échappaient deux yeux vifs et espiègles. Facétieuse, elle considérait la vie comme un conte de fou dans lequel les hommes pataugeaient avant de se noyer dans leurs propres délires. C'est ce que révélaient les commissures de ses lèvres minces d'où montaient des bulles d'insouciance.

Tels étaient les premiers abords. Venaient ensuite d'autres butins, plus cachés.

Lorsque j'appris à mieux la connaître, je découvris une amertume refoulée et compris, une fois pour toutes, que le rôle qu'elle avait assigné à sa frivolité consistait à divertir ses interlocuteurs afin de les détourner de son arrière-cour. À force d'y faire des excursions plus ou moins discrètes – on peut compter sur moi pour ça ! –, j'ai ramassé les bois morts de ses anciennes amours, les racines aériennes torturées par des détresses récurrentes, les lianes coupées en plein vol, et tout un mélange de remords moisis et de foi, presque naïve, dans le carnaval du destin.

Cette part enfouie s'entassait dans le bas de son corps. Il y avait dans ses hanches une nervosité de galops à venir. Ses fesses amassaient le contentement qu'elle grappillait dans de petits brasiers sans flamme.

Il m'arrivait de suivre, malgré moi, le regard de Jérôme lorsqu'elle déambulait du bungalow à la terrasse avec les déhanchements surfaits des femmes mannequins. Elle aimait s'exhiber en culotte sexy. Elle se déplaçait en soulevant des éclairs de vivance. Fuyant ses tourments cachés, elle vivait beaucoup pour plaire. Persuadée d'être ce que Dieu avait mis de mieux au monde, elle ne parlait que d'elle, que de sa famille, que de ses affaires en ajoutant toujours une allusion coquine.

J'eus tout loisir de comprendre qu'elle avait noué avec Mélodie une de ces amitiés d'enfance que le temps patine comme un vieux meuble rescapé de tous les déménagements. Je m'aperçus que Mélodie, régente admirée et peut-être jalousée, la traitait comme sa soubrette de luxe. Elles évoquaient, à demi-mot, des tentatives de suicide, des appels au secours restés sans réponse, des démêlés sentimentaux qui me faisaient penser aux feuilletons brésiliens, et dans leurs confessions meurtries, l'amour s'avérait sans issue. C'était la face cachée d'un badinage juste bon à leurrer le chaland.

Tout comme Mélodie, Valérie gardait dans sa malle aux trésors des bêtises de gamine, des coups de folie, des chaleurs de carnaval Chez Nana, des morceaux de vie mal cousus, des bobines de fil bleu pour broder l'étoffe des rêves. Tout comme Mélodie, son père ne vivait que par elle. Il lui arrivait de nous appeler pour soutirer le vrai motif du départ de sa fille. Il réclamait, chaque jour, des nouvelles. Toujours sur le qui-vive, il prélevait sa part d'émotions. Valérie jouait le jeu en feignant de pester contre une dépendance qu'elle entretenait avec les ruses d'une amante. Je suis sûre que c'est mon *papa*, s'écriait-elle en entendant sonner le téléphone. Et souvent, c'était son *papa*.

En les écoutant, j'avais du mal à dominer un sentiment de frustration. À force de marcher droit, je n'avais jamais donné des ailes à ma vie et ressemblais à ces morts que saint Pierre renvoie sur terre en leur demandant de commettre *au moins un péché* avant de revenir. Ils prouveraient ainsi leur qualité d'êtres humains.

Moi, je n'avais jamais fugué, jamais fait l'amour dans les bois, jamais connu un paquet d'amants, jamais fumé un joint, jamais été saoule, jamais dansé Chez Nana, jamais été maîtresse, jamais… jamais… jamais… Et brusquement, à force de les entendre, tout cela me pesait. Je me faisais l'effet d'une gourde qui s'est laissé voler quelque chose de précieux : sa jeunesse, avec tout ce que cela comporte de *dévergondage* ! Une voix montait en moi, me soufflant que j'avais du retard à rattraper. La parole dit : « Sage comme une image. » Où a-t-on vu une image qui vit ? Une image ! Une image ! J'avais toujours été une image ! Quelle honte !

Mélodie devinait ce qui se passait en moi. Parfois, elle appuyait le couteau sur la plaie. « Tu n'as jamais fait ça ! » Je baissais la tête. D'autres fois, elle m'initiait au franchissement des lignes jaunes. Elle m'encourageait et, peu à peu, je sentais battre mes ailes. Je comprenais mieux ces adolescentes qui, découvrant la *sensation* de la liberté, se perdaient jusqu'à commettre un hold-up avec leur copain. Ce n'était pas pour le plaisir de méfaire, mais pour se donner, une fois mises en confiance, l'assurance qu'elles n'avaient jamais eue. Mélodie m'apportait quelque chose de précieux : avec elle, j'existais comme je n'avais jamais existé ! Je n'avais plus peur de l'eau. Mon corps voulait se donner. Je me moquais du regard des autres. Sans que j'eusse choisi, ma vieille peau tombait par morceaux et je devenais une chair neuve et avide. C'est ce que doit ressentir un oiseau qui vole pour la première fois. Je retombai en adolescence !

Jérôme me regardait avec les yeux amusés ou agacés qu'ont souvent les parents devant les pirouettes de leur petite fille. Il regardait sans vraiment me voir. J'étalais devant lui mon besoin de plaire et de vivre des errances complices dans des boutiques de mode... en compagnie de Mélodie. Des errances pleines de froufrous remués, de rires aguicheurs, d'essayages où la chair se dénude, de situations ambiguës... Chalander dans les centres commerciaux me procurait de nouvelles émotions. Faire des courses avec Jérôme, c'était jouer à Madame et Monsieur. Avec Mélodie, je savourais le plaisir d'être *entre femmes* et de me baigner dans des petits bonheurs bien féminins.

Je voulais m'acheter des petits bouts de tissu dont le corps est friand quand il veut se montrer. Je voulais des dessous bien moulants adornés comme des nuits étoilées. Je voulais des corsages près du corps où protestent des seins débordant de désir. Je voulais des jupes fendues sur des flammes érotiques. Clic-clac ! Tu as vu ! Clic-clac ! Il n'y a rien à voir ! À chaque pas. Je voulais des pantalons polissant les pleines lunes de mes fesses. Je voulais des chaussures à talon, sans talon, à bride, à boucle, et tout un lot d'accessoires de beauté. Je voulais être sexy pour emprisonner Mélodie.

Chaque fois que je rentrais, les bras chargés, je lui disais : « Regarde ce que j'ai trouvé ! Ça ne coûtait pas cher ! Je n'ai pas pu résister ! Un petit haut ! Une petite jupe ! C'est mignon tout plein ! Regarde ! Regarde ! »

De longues heures, Jérôme se retrouvait seul à m'attendre sous la véranda. Je ne voyais pas passer le temps et, quand je revenais, je m'absentais à nouveau puisque je lui racontais mon voyage enchanté dans un monde de vitrines, de rayons, de mannequins, de vendeuses, de soldes. *Mélodie et moi... J'ai dit à Mélodie... Nous... Nous... Nous...* J'étais dans un état de surexcitation qui mouillait mes yeux, accélérait le débit de mes phrases et faisait vibrer tout mon corps. Puis, brusquement, comme rassasiée, je m'effondrais d'un seul coup dans une fatigue morose. Je n'avais plus de jus.

Jérôme m'écoutait. Je sentais bien que mes paroles coulaient sur lui et qu'il cherchait, par en dessous, quelque chose que je ne formulais pas. Je ne percevais rien de sa peur. Il voyait de grands feux qui convergeaient vers une poudrière. Il ne pouvait pas me mettre en garde, nos yeux n'habitant pas le même monde. De plus en plus, les mots qui sortaient de ma bouche, les silences que j'avalais, dérivaient sans gouvernail. Anodines, voletant comme des flocons, mes paroles enrobaient une vie cachée, même quand elles s'éparpillaient sans défense. Elles explosaient avant de disparaître sans me laisser le temps d'analyser tout ce qui se passait en moi.

Je pris conscience de la hauteur de ma passion, le jour où Mélodie et moi avons croisé deux macommères occupés à faire leurs courses. Ils se tenaient par la main, formant à eux deux un îlot de tendresse. Leurs gestes, leurs attentions un peu exagérées, leur *douceur*, tout m'attendrissait. Puis, une jalousie presque méchante fouilla mon ventre. Pourquoi, moi, ne pouvais-je pas faire comme eux ? En revoyant la scène, couchée dans mon lit, je pleurai silencieusement. J'étais prisonnière de mon île, prisonnière de ma vie antérieure, prisonnière de l'image que j'avais donnée, prisonnière de Jérôme, et pour finir prisonnière de Mélodie. Pour la première fois de ma vie, j'étais amoureuse, follement amoureuse, impossiblement amoureuse. Jérôme me demanda pourquoi je pleurais. Il essuya mes larmes avec toute la compassion de ses mains. Je me blottis contre lui et répondis tristement : « Ce n'est rien ! Dors ! »

4

Le lendemain, sidérée et fascinée par cette révélation, j'ouvris mon cœur à Mélodie. Elle pleura et m'avoua qu'elle ressentait la même chose que moi. Plus encore, ajouta-t-elle sans fournir d'autre explication. Il y avait dans son visage une sorte de béatitude inexplicable pour moi. J'étais catastrophée comme une souris prise au piège, alors qu'elle paraissait comblée, mon désarroi n'enlevant rien à sa félicité.

Elle me demanda si j'avais connu *quelqu'un d'autre* avant elle. C'est alors que le souvenir d'Elsa remonta en moi.

Jérôme n'était pas présent la première fois. Et c'est à voix basse, presque dans une vapeur de paroles, que je lui avais confié l'événement. Je m'étais laissée faire, raidie dans ma pudeur, trop attentive à ce que vivait mon corps pour éprouver un vrai plaisir.

Elsa possédait, à côté de sa villa, un petit pavillon qui servit d'écrin à nos scintillements de femme.

« Regarde comme elle est belle ! » Jérôme regardait dans la pénombre les mouvements de nos corps moirés. Je n'arrivais pas à m'abandonner vraiment. Je m'appliquais, et mes gestes, retenus et solennels, faisaient monter en lui un trouble qui brûlait la moelle de ses os. Nos corps brillaient sous la faible lueur des lampes. Nos membres se nouaient et se dénouaient avant de rester tétanisés par le venin du plaisir.

Elsa guidait les jeux avec la sûreté d'un pilote de course. Elle négociait les virages au plus près des courbes, freinait mes élans trop vite libérés, accélérait à fond dans des montées d'orgasme et, une fois la ligne d'arrivée franchie, s'éteignait doucement en gardant les yeux ouverts pour contempler son bolide d'amour.

Quand Jérôme était là, il jouait le rôle d'un copilote. Il soulignait une caresse avec ses lèvres. Il cherchait à multiplier les sensations avec la bienveillance de ses mains. Il ajoutait la folie de son corps et je sentais bien qu'il apprenait, lui aussi, des gestes de grande prêtresse.

Tout en nous vibrait à l'extrême et il suffisait à Jérôme de nous voir ensemble pour qu'il devienne un bouquet de buisson ardent. Son cœur battait plus fort, une faiblesse délectable l'envahissait et il anticipait des symphonies de volcan.

Elsa savait arroser la vie avec son rire de maîtresse femme. Elle savourait le noyau tendre de chaque instant et m'offrait des bourlingues loin de ma vie quotidienne. Ses lèvres s'ourlaient d'une fièvre gourmande et le tambour de son corps accompagnait d'envoûtantes prières qu'elle formulait à travers l'éclat de ses yeux.

Elle ne demandait pas. Exigeait encore moins, mais elle avait une façon, bien à elle, de m'attirer dans des cérémonies pleines de langueurs imprécises, d'effusions libertines, de corps à corps délicats, avant de nous offrir la voie royale d'un partage.

Personne ne possédait personne. Nous étions les passeurs d'un vertige commun dont le gouffre se trouvait en nous. Tel un fauve apaisant sa soif dans un puits de lumière, Elsa ne se désarticulait pas, ne s'émiettait pas en cris fous. Elle aspirait son plaisir à la manière d'un fumeur qui se dilue dans un soleil couchant. Et tout tintait en nous. Et nous étions le parfum sublime de cette roseraie qui se meurt d'avoir tout donné à la gloire de l'instant.

Je me perdais dans des plongées sans frontières et remontais à la surface avec des yeux qui ont vu, au-delà de l'invisible, des saisissements de lambi rose. J'habitais avec elle un royaume d'algues fraîches où de tièdes éponges absorbaient la sève de nos vies.

Je revenais parfois sur la pointe d'un désir aiguisé par Elsa. Rieuse, le cœur fleuri, le corps encore fumant, pressée de livrer les trésors de ma quête. Jérôme m'accueillait, heureux, car en vérité je vous le dis, tout ce que je ramenais c'était pour le lui offrir au centuple. Dans ces moments-là, il ruisselait en moi jusqu'à l'oubli.

Longtemps Elsa escorta notre vaisseau. Empruntant des lisières dérobées, elle avait le don de nous emmener dans des paysages secrets où des ravines transparentes rafraîchissaient des chants de tourterelles, des baies rouges et sucrées, des icaques moelleuses. Elle veillait, protectrice et souveraine, sur notre chemin qu'elle traversait, de temps en temps, pour couper l'amour en trois. Longtemps, elle fut la lampe-la-Vierge et l'huile de nos fastes, et puis un beau jour, nous nous sommes désamarrés sans savoir pourquoi. Sans disparaître vraiment, elle avait ramassé ses ailes d'ange gardien. Nous avons tenu le cap de nos effervescences sachant qu'à l'horizon des sillages de comètes bleues pouvaient fendre le ciel.

Étonnée, ravie et jalouse, Mélodie voulut savoir pourquoi Jérôme avait accepté pareille situation.

Alors que je ne m'étais jamais posé la question, je m'entendis répondre comme si quelqu'un d'autre parlait à travers moi.

Jérôme n'avait jamais accepté ma manière rigide de concevoir la vie. Il croyait que toute femme peut se dédoubler pour célébrer la puissance de sa féminité. Ce qu'il voulait, par-dessus tout, c'était mettre du bleu au ciel, rougir nos matins, ouvrir les sept portes des nuits. Parce qu'il avait confiance dans la hauteur de notre combat, il a dit bienvenue à Elsa dans notre vie. Et puis surtout, Elsa ne lui enlevait rien ! Pas un gramme !

Longtemps, nous demeurâmes silencieuses après ces confidences. Nous devinions que ce qui avait germé en nous n'avait rien à voir avec ces jeux que les couples inventent pour aiguiser la lame refroidie de leur duo. De toute façon, Mélodie n'était pas Elsa et moi-même ne voyais pas comment je pourrais vivre sans elle.

Il me vint à l'esprit que les hommes font l'amour avec leur corps, alors que les femmes puisent dans la part immatérielle de leur être. C'est avec les étincelles d'un silence venu des mondes les plus lointains qu'elles apportent leur part de voyance, de chaos et d'unité. C'est en se délivrant de leur chair qu'elles s'ouvrent au sang de l'amour. Lorsqu'elles aiment, elles mettent au monde une mémoire du monde, un double du monde qu'elles ressuscitent au plus nu, au plus vrai de toutes les origines. Mères et amantes de la Création, elles n'ont pas cinq sens comme les hommes, mais dix mille. C'est de ne pas comprendre cela que beaucoup d'entre eux font de notre don un si vaste ennui et un immense vide.

Et tandis que je méditais sur tout cela, Valérie apporta son grain de sel.

Elle tentait de se remettre d'une très longue liaison avec un homme marié. Elle lui avait tout donné, avec la générosité des femmes-strapontins. Son amour (depuis dix-huit ans, malgré ça !), sa peau, ses entrailles, ses sucs les plus intimes, son temps, ses morceaux de folie et tout l'innommable d'une relation d'aime-qui-peut. Défi, mise en scène, mauvaise foi, envie, et un paquet de petites saletés et de grandes illusions.

À l'entendre, elle avait régné sans partage, maîtresse à tribord et à bâbord, maîtresse en tête d'affiche, maîtresse des maîtresses. L'épouse n'étant – c'est elle qui dit – qu'une figurante de film de troisième catégorie.

« Avant de rentrer chez lui, il passait toujours chez moi. Je le connaissais bien et devinais, au vacillement de son regard, la plus petite miette de ses émotions. Il s'asseyait sur le bord du lit et me confiait ses petits chagrins, ses petites misères et tous ses secrets. Il n'aimait plus sa femme, ou elle ne l'aimait plus. Seuls les enfants et de sordides intérêts colmataient les brèches de ce qui les désassemblait. C'est moi qu'il emmenait dans tous les cocktails, dans toutes les soirées et tout-par-tout. Alors, ce n'était plus un amour à cocagne !

Je venais mettre de l'ordre dans son cabinet. Si, il avait une femme de ménage ! Je rangeais ses papiers. Si, il avait une secrétaire ! Mais quelle femme de ménage, quelle secrétaire aurait nettoyé sa vie comme je le faisais ? Moi seule ! Grande couillonne ! Il était pris sur moi ! Il disposait de toutes mes clés. Il n'en avait pas besoin car, pour lui, j'étais une femme ouverte. Vents, pluies, audaces pouvaient traverser mon corps à condition que ce fût pour lui ! »

Curieusement, l'amoureuse que faisait revivre Valérie ne prononçait jamais le mot « nous ».

JE... JE... IL... LUI... JE, LUI, MOI !

Elle évoquait sans s'en rendre compte un face à face, une frontation, une balançoire dont le siège avait disparu depuis longtemps.

Elle parlait vite, en donnant à sa voix les intonations impérieuses qui théâtralisent les certitudes auxquelles on ne croit plus. Sa parole, droite et raide, sonnait comme un clairon. Malgré un grain d'humour qu'elle ne perdait jamais, elle ressemblait à un fruit desséché. Je compris pourquoi il lui arrivait de s'effondrer et de s'envelopper dans un silence de petite fille abandonnée. Elle errait alors au fond d'elle-même en se laissant guider par les pages d'un livre ou par de longues parties de solitaire. Elle aimait pardessus tout lire, à l'aide d'un pendule et d'un jeu de tarots, les prévisions clandestines du destin.

En l'écoutant, j'appris que Jules avait été la grande affaire de sa vie. En parlant de lui, son visage flambait, sa bouche buvait un sirop de souvenirs et elle ressemblait à un moteur affectif poussé à plein régime.

Jules, épicentre de sa romance ! Jules qu'elle se vantait d'avoir bu en plein ciel, sans se soucier des passagers et des hôtesses de l'air. Et même si ! Elle nous mima, en riant, son affolement, ses spasmes et sa bouche ouverte comme celle d'un homme qui se noie. Jules, au bras duquel elle se donnait à voir comme la *première dame* de sa vie. Moi-même ! Moi-même ! Jules et le travail de Jules ! Les tours pendables. Les brouilles. Les trahisons. Les filatures. Les pimentades.

Elle secouait tout cela comme un joueur de dominos qui rejoue la partie qu'il n'aurait pas dû perdre. Et nous rejouions avec elle, frappant, dans la pénombre des souvenirs, la table bancale de ses amours défaites. « Et puis cet escogriffe en caleçon, ce morceau d'homme, cette lâcheté à qui j'avais donné ma vie, après avoir profité de mon devant, ruiné ma fraîcheur, n'a rien trouvé de mieux à faire que de *recoller* avec sa femme ! Quand mon neveu m'a rapporté qu'il les avait vus, en cœur-coco, je n'ai pas voulu le croire. Après, j'ai reçu la honte de ma vie ! Mes enfants, si je ne suis pas morte, c'est parce que le Bon Dieu veut que je reste vivante pour voir sa punition ! J'ai préféré ramasser mes affaires et déposer mon corps ici ! Alors, je te comprends, Aurore ! Les hommes, *one* ne vaut pas l'autre ! »

Et dans la nuit qui descendait, loin des oreilles de Jérôme, de Rosan, de Jules et de tous les porteurs de graines de la Création, nous avons lavé nos cœurs en disant ce que nous pensions vraiment. Nous avions des *coqueurs* occasionnels ou permanents, des déchireurs de fesses plus ou moins adroits, des péteurs de fiel sauvages ou raffinés, mais nous n'avions pas d'hommes pour assumer un destin de femmes. Et ceci depuis nanni-nanan, c'est-à-dire depuis la nuit des temps.

Nous sommes restées là, à boire, à fumer, à écouter de la musique, préférant avaler le silence plutôt que de ressasser le malheur de nos fentes.

5

L'arrivée de Valérie avait créé une nouvelle alchimie. Elle fut témoin, complice, puis actrice d'un jeu d'équilibre et de déséquilibre qu'elle tenta en vain de modérer.

Elle forma, avec Mélodie et moi, le trio des inséparables. Nous fondâmes ensemble un royaume de la parole féminine au sein duquel les hommes ne valaient que boyaux de paille sèche, bois flots, *cacazoies*, inutiles comme un zéro devant un nombre. Nous ajustions notre langue sur leurs têtes et avions pour cible un soupirant, un prétendant, un amant, un mari que nous pulvérisions au gré de nos griefs passés ou à venir. Nous avions en stock quantité d'hommes avariés, machistes, menteurs, irresponsables, batteurs de femmes, violeurs, incestueux, proxénètes – il suffisait de lire les journaux et d'écouter les nouvelles ! – que nous déchiquetions à pleines dents. Jérôme s'insurgeait parfois contre ces mises à mort, ces curées sadiques et complaisantes. « Tous les hommes ne sont pas pareils ! Vous n'aimez pas que nous disions “les” femmes, alors pourquoi mettre tout le monde dans un même sac ! » C'était pour nous un chiffon rouge ! Bouillon pour malade ! Nous lui tombions dessus. Nous le lapidions avec nos arguments, nos expériences et celle des faits divers. Nous exigions, de sa part, une capitulation sans honneur ! Nous l'étouffions !

À d'autres moments, je me taisais, le livrant aux griffes de mes copines. Placide, les traits figés, j'affectais l'indifférence de celle qui n'est pas concernée par les débats. C'était tout ce que je pouvais faire pour préserver son amour-propre. Il souffrait devant leur toupet, leur mauvaise foi et le caractère outrancier de leur solidarité de femmes. Embusquée dans mon silence, j'apprenais les arguments qui démolissent le discours masculin. Il suffisait de s'appuyer sur le vécu des femmes, d'inverser la logique et d'opposer le point de vue des femmes. C'est ainsi que j'ai découvert que j'étais une femme ! Cette évidence ne m'avait jamais frôlée. Je ne m'étais jamais posé de questions sur moi, sur mon sexe, sur ma condition ni même sur mon destin. À quel moment avais-je choisi ma voie ? Je m'étais retrouvée interne, mariée, puis mère sans jamais avoir le droit de dire mon mot. Même Jérôme, je ne l'avais pas choisi. Les circonstances de notre rencontre, mon insatisfaction inconsciente, mon péché de femme adultère ne m'avaient laissé aucun choix. Je n'avais jamais vécu ma vie !

Tels ces mofwazés qui se défont de leur peau pour conquérir la part maudite de la nuit, je me métamorphosais.

J'affichais maintenant une confiance arrogante et refusais toute concession qui allait à l'encontre de mon « moi ». Je sortais de mon sac des cigarillos que je fumais avec fierté devant Jérôme. Je m'enflammais au cours de nos discussions. Je prenais la parole. Je coupais la parole. Je hachais la parole. Je m'accrochais à mon point de vue. Je réfutais, contredisais, justifiais en utilisant toutes les ficelles d'un avocat d'assises.

Deux heures durant, je tins tête à un syndicaliste chevronné, alors que je me trouvais dans la piscine totalement nue ! Mélodie suivait mes progrès avec la fierté d'un manager. Ma voix devint plus autoritaire et plus raide.

Je refusais toutes les suggestions de Jérôme. Ceci n'allait pas là ! Cela ne mettait rien en valeur ! Il était inutile de vouloir déplacer ce meuble ! Ce n'était pas la peine ! Quand je me trouvais à bout d'arguments, je sortais la massue : *c'est une affaire de femmes !* Tu veux tout régenter et tu ne me laisses aucun espace *à moi* ! C'était son « moi » contre le mien ! C'était mon « moi » tout court ! Parce qu'il me plaisait ainsi ! D'ailleurs, Mélodie et Valérie faisaient toujours chorus avec moi. Elles m'appuyaient, me confortaient, ajoutaient leur poids de femmes dans la balance et l'obligeaient à se replier dans une fronde silencieuse.

Je me sentais parfois injuste, mais lui en voulais d'être un obstacle à mon envol. Par-dessus lui, j'en voulais à ma condition de femme *attelée* à son existence !

Pour me venger, je déversais sur sa tête un lot de recommandations, de missions et de commissions. N'oublie pas... Tu devrais... Tu as promis... Il faut que tu... Il me comparait souvent à un général passant en revue ses troupes.

J'avalais verre sur verre. Punch ne me faisait plus peur ! Champagne me remplissait d'entrain (avec toujours ce geste lascif de frotter les coupes les unes contre les autres). Je répondais oui pour un whisky sur glace ! Je faisais honneur au bon vin ! Il arriva même à Mélodie d'appeler Jérôme pour me ramener à la maison ! Chargée, saoule, pour une fois, je vocalisais un rire sans finissement en m'amusant, moi-même, de mon état.

Moi qui ne supportais autrefois ni chiens ni chats, j'inondais Flash de caresses. Conquis, celui-ci se dressait sur deux pattes pour m'accueillir dès qu'il me voyait. Allant plus loin, je l'emmenai à la maison et pris soin de lui avec toute la douceur d'une amante.

Tout le monde voyait que je fleurissais. Je flottais dans une félicité de souris chanceuse. Je me défaisais progressivement de l'armure qui blessait maintenant ma chair ressuscitée. Rayonnante, *vivante*, je réchauffais mes veines au soleil de Mélodie. Je cousais des rires qui débordaient de tout mon corps comme une crème de lumière. Sur les conseils de Mélodie – pourquoi portes-tu ces vêtements sacs qui cachent ton corps ? –, j'abandonnai robes et jupes. Mes fesses ensoleillaient des pantalons moulants. Mes seins explosaient dans des *petits hauts* tellement serrés que Jérôme devait m'aider à les fermer. Mes dessous, de plus en plus chic, rétrécirent au point de ressembler à des toiles d'araignée. Mon corps donnait une sérénade et ma beauté aveuglait les passants comme un miroir rempli de soleil.

Pour mieux m'accorder à l'éther de mon âme, je me délestai. Culottes passèrent, plus souvent que rarement, aux oubliettes. Soutien-gorge prit la vole. Mes cuisses prenaient l'air sous des shorts courts comme des cache-sexe. Mon ventre s'ouvrit au vent de la mode. Seins nus, corps nu, j'enfollais l'eau de la piscine et les yeux de Mélodie. M'allégeant encore, afin de fendre l'air, je rasai mon pubis et asséchai la sueur de mes aisselles. Mon corps s'effila ainsi qu'une yole prête à hacher les vagues dans un migan d'écume. Les convenances aussi... Les sens interdits... Je mis dans mon dos des rôles trop anciens, halée par ces forces occultes qui fabriquent les prêtres défroqués.

Enfin, je me lâchais, désamarrée. Je me grisais de moi-même comme une danseuse dans l'extase d'un lewoz, tout au bout de la nuit. Et voltigeaient autour de moi des papillons bleus qui fascinaient les prunelles des hommes ! Et les femmes, elles aussi, faiblissaient devant le beau boucan de mes hormones.

C'était, woye, woye, woye, un tournoi de guêpes dans l'embaume d'un champ de goyaves mûres. C'était, woye, woye, woye, une mazurka piquée soulevant des dentelles pas trop sages. C'étaient, woye, woye, woye, de grands jets de geysers. C'était moi, panthère noire, requin bleu, flamant rose, allant à l'instinct vers des contrées sauvages où n'officiait aucun maître. C'était moi, glissant sur des plaques tectoniques et sondant des volcans qu'aucun songe de réveil n'avait jamais émus.

Quiconque m'approchait entendait les ronflements haletants d'une chaudière en pression. Mon sang n'était plus qu'un pétillant d'étoiles émoustillées. Pour ainsi dire, j'avalais des arcs-en-ciel, des comètes, des quartiers de lune, des constellations, et l'univers entier naissait dans mes entrailles ! J'accouchais de moi-même avec des suées d'amazone et des gestes de matrone mettant bas un big-bang. De ma déchirure, sortaient des portées d'hivernage quand flambent les cordes blanches des pluies, des ballets de pollen, de grands courants de mer chaude emportant le dégel des icebergs géants.

Revitalisée, je captais des signaux inconnus que je cherchais en vain à comprendre, retenant encore mon vagissement de lune engrossée... Une poussée de trente-neuf ans dilatait des mornes que j'avais crus bréhaignes alors que mûrissait en moi une délivrance de marée aux abois.

Tout cela était venu d'un seul coup, et j'avais beau gratter la crasse du temps d'avant, je n'arrivais pas à trouver les racines d'un tel bouleversement. La gardienne des comptes du ménage, la femme sage et raide, la femme-gendarme toujours prête à verbaliser les franchissements de ligne jaune, la femme-sommeil qui affirmait avec agacement que les nuits étaient faites pour dormir, s'ébrouait violemment et voyait pointer à l'en-bas de son ventre une tête de cyclone. Ah, débridage ! Défreinage ! Chaînes pétées ! Liberté en manœuvre dans la rade des jours ! « Desserre ton frein à main », me disait souvent Jérôme. Il s'était desserré tout seul sans autre commandement que l'amour de Mélodie.

6

Les jours filaient doux et nous renouvelions le plaisir des retrouvailles. Nous emmêlions nos rires dans un duo de complicités qui rendait insignifiantes les autres présences. Nos sous-entendus, nos allusions, nos jeux de mots, nos confidences et même nos silences rejetaient Jérôme et Valérie en dehors de notre ronde de princesses aux seins nus. Ils devenaient les spectateurs intrigués d'une relation trouble qui oscillait entre le jeu, le défi et la fatalité.

Prisonnières de nos batifoles, nous n'avions pas conscience de repousser Jérôme vers les marges et de le contraindre de composer avec une situation d'autant plus angoissante qu'elle ne lui offrait aucune prise.

Je trouvais normal de m'asseoir toujours au côté de Mélodie. Il me semblait banal d'aider Mélodie dans la cuisine en chuchotant de petits riens ou de barboter dans la piscine tandis que Jérôme, livré à lui-même, s'occupait comme il pouvait. Nous ne trouvions rien de mal à faire la sieste *entre femmes.* Des courses à faire, des visites, des promenades nous donnaient l'occasion de fabriquer des heures privilégiées où nous ressentions l'excitante brûlure d'un opium partagé.

Il arrivait à Valérie, elle-même, de se sentir exclue. Elle se retirait dans son bungalow et se consolait avec son jeu de cartes ou en appelant son père. Elle guettait par la fenêtre les fumeroles d'une effusion, un sursaut, un abandon. Elle ne voyait rien d'autre qu'un bavardage innocent. Pour exprimer le sentiment d'être de trop, elle se plaignait d'avoir été oubliée. « Mélodie sait bien que je prends du café le matin ! Elle n'en a pas acheté ! Où étiez-vous ? Cela fait des heures que je vous attends ! Vous savez que je n'ai pas de voiture ! Personne ne m'a rien demandé ! » Nous éclations de rire en nous regardant comme deux petites filles grondées par leurs parents. Néanmoins, le plus souvent, Valérie faisait partie de nos drives, de nos commérages et de nos petites folies.

Jérôme assistait, témoin émoustillé, à toutes nos impudeurs. Il se comportait parfois en gardien d'un harem, et d'autres fois, il n'était rien d'autre qu'un familier en bordure de piscine, en bout de table, en face du lit, toujours à la lisière de l'instant.

Perdu dans une forêt de femmes, il recevait nos offrandes de seins nus, de paréos transparents, de dessous ciselés, de hanches en balançoire, de cuisses dénudées. Nos lianes le frôlaient, l'enlaçaient. Suspendues au mitan de hautes fourches, nos orchidées balançaient leurs ombres bleues. Des moiteurs suffocantes le happaient jusqu'à l'engourdissement. Je croyais voir ses pensées s'immobiliser, prises au piège d'un tant de volupté dont les parfums amollissaient l'entour. Femmes en joie de vivre autour du sexe bleu de la piscine, nous attisions ses sens et éveillions en lui des désirs qu'il se gardait bien d'avouer. Le champagne nous excitait et il voyageait avec nous dans d'immenses rêveries bercées par la musique intime de notre communion. Était-ce une communion ? Nous nous enfermions dans un triangle bien féminin qui faisait de lui, à notre insu, un immigré presque clandestin.

Il était bien accueilli quand il arrivait et, sans mentir, nous l'enveloppions dans un paquet d'attentions. Mélodie surtout le cajolait sans cesse. Elle limait ainsi l'angoisse qui commençait à le torturer. Elle l'anesthésiait avec de douces manières qui lui donnaient l'illusion d'être traité tel un prince arabe. Nous lui servions à boire. Nous l'invitions à manger dans une ambiance où des musiques languissantes mettaient son cœur en charpie.

Des tourbillons de sentiments contradictoires agitaient son esprit. Il passait de l'euphorie à de sombres bouderies en fonction d'un cycle que nous ne maîtrisions pas. Il lui arrivait de nous avouer que nous diffusions autour de lui des ondes magnétiques qui modifiaient le fond de ses pensées. Nos gestes les plus simples, se couper les ongles, par exemple, nos voix, les courbes de nos corps déclenchaient en lui des émotions indéchiffrables, intenses comme la pointe d'une douleur, apaisantes comme la caresse d'une pluie.

De longues conversations nous attelaient au crépuscule et nos langues baillaient une charge de paroles jusqu'à la porte de la nuit noire. Et, chaque jour, partir devenait une lourdeur. Un traîner-pieds, un dernier verre à laver, une poubelle à sortir ralentissaient notre balan pour amortir l'instant de la déchirure. Je pétrissais un silence au bord d'une songerie, ou bien je roulais un babil surexcité tandis que Jérôme tentait de démêler les nœuds de son cerveau. Il avait partagé avec nous une boule d'émotions bleues mais sentait confusément que je glissais dans un ailleurs.

Notre quotidien se jouait chez Mélodie, avec Mélodie et Valérie comme un vent qui s'engouffre dans une maison en flammes. Mélodie était le pivot d'une ronde incessante, une sorte d'aimant où venaient s'agglutiner nos atomes en bouscule.

Chaque jour, nous arrivions devant son portail blanc avec la légèreté des libellules à la saison des amours. Nous entrions d'un pas familier, faisant grésiller le gravier de l'allée, et nous retrouvions autour de la table ronde pour enfiler nos rêves et nourrir la vie d'une fièvre sans pourquoi.

Oiseaux migrateurs, nous le fûmes. Banc de poissons volants, nous le fûmes. Nuée de sauterelles, nous le fûmes. Fourmis charroyeuses, nous le fûmes avec nos canaris, nos casseroles, nos provisions, nos bouteilles de vin ou de champagne. Un fil relia nos deux maisons. Il transmettait des mots, des appels, des rendez-vous qui ne signifiaient pas grand-chose sinon la volonté de partager nos émois et d'emplir d'émerveille nos cœurs nomades. D'une maison à l'autre, nous tissions, tressions, tramions, brassions, ourdissions. Si bien qu'une membrane commune, chair immatérielle, répudiait la distance en soudant nos envies. C'était bel et bien un pont que nous avions construit d'un domicile à l'autre. Un pont où circulaient la poésie des jours et la fête de nos yeux. Mais un jour, je compris que le pont se construisait aussi en nous. Nous fûmes, pour finir, pylônes, tablier, hauban d'une architecture de globules embrasés, de neurones étoilés, de sang circulant dans un même corps.

J'éprouvais le besoin de parler de Mélodie sans arrêt. Je voulais l'offrir à l'univers entier. « J'ai une amie ! » « Ma copine me racontait. » « Je connais quelqu'un qui… » Son nom fondait sur ma langue ainsi qu'une boule de menthe. Parfois, sous la poussée d'un souvenir cocasse, j'éclatais de rire, pour moi seule, au milieu d'une vaisselle ou d'un repassage. Il m'arrivait de fredonner un de ces airs sucrés que nous aimions écouter dans la tiédeur lascive des fins de journée. C'étaient toujours les mêmes, inlassablement répétés, sempiternelles ritournelles, encore et encore, jusqu'à l'hypnose. Chansons de Julio Iglesias, d'Hélène Segara. Petites rengaines qui s'incrustaient dans nos oreilles comme de délicieuses plaintes d'amour. Et Jérôme ne comprenait pas pourquoi il nous fallait repasser quinze, vingt fois, le même morceau, « Il y a trop de gens qui t'aiment ». Il ne voyait que deux adolescentes occupées à célébrer une de ces messes obscures qui conduisent à la transe. Pourtant, nous ne bougions pas. Au contraire, recueillies, nous absorbions comme une drogue la sirupeuse coulée de nos idoles. À vrai dire, il nous fallait bien inventer un moyen de communiquer sans indisposer les autres. Sur le dos des chansons, un fluide passait de l'une à l'autre, et nous dérivions ensemble dans la même prière : « J'ai besoin de toi. »

Mai tomba sur nous sans prévenir. J'allais avoir quarante ans et accordais à ce passage une importance particulière. Mélodie et Valérie décrétèrent que mon anniversaire durerait tout le mois.

Notre première sortie nous emmena sur un îlet. Minuscule, surmonté d'un phare, il accueillait les vacanciers en quête d'évasion.

La courte traversée en barque, la transparence de la mer, la musique ambiante, la bonne chair, tout concourait à faire de cette journée une fête réussie. Nos cerveaux flottaient, ouverts à tous les possibles. Nos rires montaient dans l'air et s'unissaient dans les hauteurs d'une euphorie collective.

Valérie, comme à son habitude, exhibait un maillot de bain très sexy. Avec Mélodie, j'avais fait le choix d'un paréo transparent. Après avoir dégusté des langoustes grillées, nous succombâmes au plaisir d'une sieste.

Couchée sur le côté, Valérie exposait un postérieur dont les formes amples et renflées contrastaient avec ses cuisses effilées. Jérôme s'allongea à côté d'elle, laissant Mélodie et moi nous embarquer dans un sommeil de bienheureuses. La mer dansait mollement. Le temps marquait le pas. Engourdis par le soleil de l'après-midi, nous nous sommes abandonnés.

Au réveil, nous plongeâmes dans la mer pour déraidir nos membres. Jérôme nageait sans trop s'éloigner du rivage. Les vagues roulaient doucement, amollies par les premières lueurs du couchant. Je conversais avec Mélodie sans me soucier des autres baigneurs. Puis ce fut l'heure du départ...

Dans la voiture, la bonne humeur continuait. Nous écoutions des chansons de Julio Iglesias, de Jacques Brel, de Tabou Combo. « Jour après jour »... « J'ai besoin de toi »... « Ne me quitte pas »... Nous les reprenions en chœur en nous moquant de nos fausses notes et de nos trous de mémoire. Seule comptait la joie d'être reliés les uns aux autres et de vivre l'émotion du moment. Au fil du temps, nous avions formé une petite bande soudée par des sentiments indéfinissables qu'aucun d'entre nous ne cherchait à définir. *La bande des quatre*, disions-nous pour souligner notre complicité.

Arrivés à la villa, la cérémonie de la douche nous enferma dans la chambre conjugale. La musique faisait tourner nos têtes et nous nous laissions griser par le voisinage de nos chairs. Mélodie et moi, espiègles comme deux gamines, avons rappelé à Valérie qu'elle avait promis la veille de nous offrir un strip-tease. C'était l'un de ses cadeaux d'anniversaire ! Nous avions pris l'habitude, à force de nous côtoyer, de nous livrer à des plaisanteries osées, à des taquineries érotiques, sans y voir malice. La présence de Jérôme dans nos ambiances de *femmes entre femmes*, loin de nous déranger, augmentait au contraire le piment de nos jeux. Il faisait partie de nos badinages, de nos frivolités et de nos audaces.

Il nous trouvait souvent nues dans la piscine. Parfois, le paréo de l'une ou l'autre glissait et tous réclamaient le droit d'admirer le spectacle ! Parfois, allongées sur le lit, nous ressemblions à ces tableaux de Rubens où les chairs s'éclairent. Jérôme baignait dans un monde de seins ensoleillés, de culottes transparentes, de nudités frôlées. Valérie, après s'être fait prier, se livra à un effeuillage très troublant.

Ses prunelles brillaient. Ses fossettes accentuaient l'air malicieux et coquin qui échauffait son visage. Elle s'appliquait. Narcissique, lascive, elle ondulait devant nos yeux ravis. Et, petit à petit, elle réussit à créer un de ces instants où tout devient possible. Il suffit parfois d'un rien pour mettre le feu au temps. Nous buvions du champagne frais. Notre sang grésillait. Au plus vif de nos corps, montait (inconsciemment ?) l'envie sourde d'enjamber l'ordinaire. Valérie se déhanchait et donnait vie à des danseuses venues du monde entier. Elle devenait tahitienne, marocaine, africaine, slave, cubaine, guyanaise, guadeloupéenne. Elle virevoltait, tournoyait et son corps nu inondait la chambre. Nous retenions notre souffle comme des enfants émerveillés devant une trapéziste. Lorsqu'elle s'immobilisa, nous applaudîmes avec chaleur, émus par sa performance.

Au-rore ! Au-rore ! Au-rore ! Il fallait aller plus loin, relever le défi.

J'entrai en piste. Un peu raide au début, mon corps se relâcha et épousa le rythme lancinant de la musique. J'avais choisi une composition d'Eddy Louiss, « La Baleine bleue ». Pleine de volutes, de spirales, d'acrobaties sonores. Mes bras devinrent deux serpents inspirés. Mes cuisses bougeaient comme deux pagaies dans l'eau douce d'un lac. Je leur donnais ma vie intérieure. Pleine de vérité, suave, un rien sauvage, elle envahissait la chambre et les enveloppait telle une écharpe de fumée. Légère, lumineuse, nue, je dansais et sentais que j'enfantais une constellation de délices et de périls. Les yeux de Mélodie luisaient, avalaient ma lumière et s'épuisaient à saisir toutes les nuances de mes ondulations. Je dansais avec la musique de mon ventre et l'étonnement de mon don. Je m'inventais. À petits pas glissés de vierge toute neuve, je me délivrais et, malgré mes yeux clos, je savais que Jérôme sentait sur son cou la lame tranchante d'un désir. Salomé, j'étais Salomé ! Là, devant tous, j'offrais sa tête à Mélodie sur le miroir bleu de mes fantasmes. Je dansais la mort et la vie. Je dansais mon égarement. Je dansais mon tourment d'être coupée en deux. Je chevauchais ma détresse et demandais pardon à Jérôme pour tout ce que je pressentais. J'arrachais mon masque et le brûlais. J'arrachais ma peau comme ces veuves de l'Océanie qui se lacèrent de douleur. La musique ne finissait pas. Mon corps s'envolait tout seul, plongeait dans un tourbillon de baleines bleues, et j'étais à la fois le ciel et l'océan.

Mélodie me regardait, fascinée, et ses yeux se brouillaient d'un voile de tendresse. Elle seule avait compris.

Ce fut son tour. Malgré son air de petite fille perdue, elle était lenteur. Elle était douceur. Avec cette légère gaucherie de qui veut contenir son excitation, ses reins distillaient une libido en fête. À la balance de ses hanches, je soupesais son émoi. Elle s'osait. Et soudain son corps se dévoila comme un cri déchirant mes paupières. Corps doré, sculpté en rondeurs de pommes, encore pétri par les rumeurs de la mer, angélique et tentant comme le guet-apens d'une sirène. Elle répondait de son mieux, jongleuse concentrée, ni homme ni femme, simplement danseuse au-delà de son désir. Elle acceptait l'offrande, et c'est avec un brin de tristesse que je dévisageai Jérôme.

Tandis que l'une évoluait, les trois autres s'enfonçaient dans le lit. Frôlements, agaceries consenties, câlineries, clapotis de caresses, saisissements d'oiseaux-mouches, chapelets de petits rires, grésillements de pluie sur les tôles, crème de sorbet au gingembre, baisers nénuphars, glissements de radeaux sur le dos d'un naufrage, et toute qualité de délectations inventées à ce jour.

Depuis une charge de temps, nous habitions la même peau et notre sang nous emporta bien au-delà des limites de la chambre.

Jérôme invita Valérie à danser. Ses mains massaient sa peau. Elle se laissait faire, sombrant avec lui dans une lente folie. Puis, j'enlaçai Mélodie. Commença alors un festival de danse amoureuse.

Pour la première fois, en toute liberté, en toute effervescence, accouplées dans une de ces étranges et merveilleuses étreintes de femmes, Jérôme et Valérie pouvaient nous voir. Il n'y avait que nous dans la chambre !

Nous et nos lèvres. Un long, un très long baiser. Lèvres fondantes, soudant les portes de la félicité. Souffles emmêlés. Langues tressées. Lèvres scellées. Lagon d'eau chaude où s'ébattent des flamants roses. Alliance de nos soifs. Puits profonds d'où s'échappent des éclairs et des soupirs. Quel conte des Mille et Une Nuits nous racontions-nous ? Nous nous oubliions, nous nous retrouvions, nous nous perdions dans le plus bleu de notre chair.

Il n'y avait que nous dans la chambre. Nous et nos reins en ébullition, en roulis de rêves, suspendues au nid d'aigle de notre sexe. Danse buissonnière. Danse marronne. Danse sacerdotale. Nos mains tisonnaient des fleurs incandescentes. Nous chuchotions des incantations de guérisseuses et des formules d'anges gardiens. Et nous semions des pleurs.

Il n'y avait que nous dans le sacre de notre métamorphose. Vol plané d'amantes... C'était la première fois que Jérôme me voyait m'accorder à moi-même et à mon sucre d'orge. Pour lui, ce n'était qu'un jeu...

Un instant désarmé, il se ressaisit. Ses mains remontèrent le long des cuisses de Valérie et sa bouche moissonna au plus intime.

Et nous fûmes, tous les quatre, une grande crue. Cueillant des saveurs, buvant un vesou fermenté, nous égarant dans des gémissements, des défaillances, des convulsions d'étoiles, des chants de cyclones et la douce musique de nos sens.

Flash ! Mélodie dans un rocking-chair, me soutenant du regard. Ses yeux fixaient une poudrière !

Flash ! Moi couleuvre, sur tous les creux de Mélodie. Une autre danse ! Une autre cadence ! Un collé-serré ! Un noué-dénoué !

Flash ! La louange de nos langues et nos doigts sans aucune pitié.

Flash ! Moi, plus ouverte, absorbant la foudre !

À vrai dire, des anguilles furieuses, des oiseaux migrateurs, déboussolés et tournés fous.

Le reste de la soirée s'apaisa dans le frais du champagne et la douceur de la musique. Après tant de démesure, tout reflua dans un grand tout. Chacun redonna à chacun son corps ordinaire. Nous avions atteint l'état de grâce et nous nous sentions heureux.

Les jours suivants, je me laissai emporter par le courant des fêtes. L'anniversaire devait durer tout le mois de mai ! Je voltigeais d'un restaurant à une salle de cinéma, d'une salle de cinéma à un repas champêtre, d'un repas champêtre à une boîte de nuit. Tel un colibri, je voletais, de-ci, de-là, à la recherche des fleurs du vivre. Le plus souvent exaltée, il m'arrivait de décrocher brusquement et de ruminer des maussaderies inexplicables. Jérôme ne comprenait pas. Il s'habitua peu à peu à mes revirements d'humeur et aux trous noirs de mes silences. Tantôt agressive, je l'invectivais pour une peccadille : une paire de chaussures qui n'était pas rangée. Un lit défait. Un courrier demeuré sans réponse. Un argent trop vite dépensé. Tantôt lointaine, je m'exilais dans une solitude de sultane. Tantôt légère, j'éclaboussais toute la maison de rires incessants.

Autour de nous, les gens se mariaient et, à chaque invitation, Valérie et Mélodie lançaient : « Et vous autres, c'est en quel temps la noce ? »

Je baissais la tête d'un air gêné. Jérôme mettait cela sur le compte de ma pudeur ou de mon orgueil. Il évoquait *son* mariage avec des mots qui sentaient les nuits chaudes. Ses yeux brillaient. Ils fouillaient un futur qu'il croyait tout proche.

« Nous irons à Los Angeles ! À Saint-Kitts ! Vous serez nos témoins ! Ça va faire drôle ! Deux femmes témoins ! Juillet sera un bon mois ! Pas trop d'invités ! Les vrais amis ! »

Il racontait comment nous allions sortir de la mairie.

Et c'est avec cette perspective qu'il s'envola pour l'Australie.

Le téléphone ? La ligne est-elle ouverte ? Il ne déposait jamais ses valises sans pondre une parole dans mes oreilles. Tant pis pour le décalage horaire ! Il voulait m'entendre ! Au bout de la gaulette de nos songes, Mélodie et moi, nous sommes bien loin ! Nous n'avons même pas rêvé de l'accompagner. Nous n'avons même pas pensé : « Et si ! »...

Je suis toujours chez Mélodie. C'est là que j'amarre mes rêves. C'est là que je démarre mon corps. C'est là que je couve mes mots, mes inquiétudes. C'est là que j'achève ma mue. C'est là que mes globules bouillonnent.

C'est mon divan.

Ma cantine.

Mon bateau ivre.

Mon quartier général.

Mon couvent.

Mon confessionnal.

Ma prière du soir.

Mon grenier magique.

Ma prison !

Les jours vont en chaussons roses... Les nuits en roue libre. Nuit et jour, jour et nuit, nous buvons une lune de miel. Bon Dieu pardon ! Bon Dieu MERCI !

— Cela met beaucoup de distance entre nous !

— …

— Je t'appellerai chaque fois que je pourrai.

— …

— Bien sûr ! Bien sûr !

— …

— Allez, porte-toi bien !

Je n'ai pas besoin d'être près de lui pour savoir qu'il raccroche avec un morceau de tristesse. Il a dû trouver bizarre que je lui dise :

— Je suis contente pour toi ! *Tu vis ce que tu aimes !*

Qu'est-ce qui m'a pris de dire ça ? C'est moi qui suis contente de vivre ce que j'aime ! De plus, le ton employé se voulait trop rassurant, et en même temps je ne l'ai pas retenu, comme si j'avais hâte de passer à autre chose.

— La communication va te coûter cher !

Le pauvre ! Je n'éprouve aucun chagrin, aucun manque !

Une semaine après, j'appelle.

— Allô !

— Ah ! c'est toi. Ça me fait plaisir !

— Comment vas-tu ?

— Pas aussi bien que toi ! Tu as l'air en pleine forme.

— Je… Je… Mélodie m'a proposé de faire une croisière avec elle !

— …

— Tu m'entends !

— Oui ! Eh bien, après tout ce que tu as fait pour nous, je ne peux pas te refuser cela !

— Alors, c'est d'accord ?

— Mais oui !

J'avais joué le jeu de la compagne loyale, mais je savais bien que je n'existais plus. Je ne lui avais pas dit que j'allais contracter un prêt pour m'offrir ce petit bout de rêve.

7

À son retour, il me trouva fébrile, chimérique, lunatique. De plus en plus, je m'évadais dans des absences où il n'arrivait pas à me suivre. J'étais là physiquement, en face de lui, mais je m'enfonçais dans de longues méditations avant de poser des yeux distraits sur la vie qui m'entourait. Je ressemblais alors à un forestier surpris par la nuit noire. J'allais à tâtons, aveuglée, déséquilibrée par les traîtrises du terrain, ballottée par une angoisse qui brûlait mes poumons.

Un maigrir tomba sur moi, suçant ma chair et mes os. Mes anciens pantalons flottaient comme des voiles. Les nouveaux dessinaient des courbures plus floues. Jérôme me demanda d'arrêter mon régime. Je continuai à fondre d'une manière méchante. Même mes seins avaient pris des vacances, et pour me consoler, je plaisantais : « Maintenant je peux m'habiller comme je veux ! J'ai la taille mannequin ! Je vais pouvoir entrer dans les vêtements à la mode. Ventre nu ! Taille basse ! String apparent ! »

Je ne suivais aucun régime ! Mon cœur mangeait mon corps parce qu'il se débattait. J'étais prise au piège ! Je ne pouvais pas partir, n'ayant pas grand-chose à reprocher à Jérôme, et je souffrais de le voir quémander une bise, une caresse, une attention. Trop d'yeux, trop de langues n'attendaient que *ça* pour m'assassiner ! Mon orgueil ! Mon sale orgueil de femme créole !

Un samedi, nous partîmes tous les trois à l'anniversaire de Solange, une amie de Mélodie. Jérôme, dès le départ, se sentait seul. J'essayai de le mettre à l'aise en m'occupant de lui. « Tu veux boire un verre ? Tu as goûté ce plat ? » Je lançais mon hameçon avec l'espoir de le ramener dans le groupe. Pour me faire plaisir, il feignit de s'intéresser aux autres invités. Il improvisa même un blues avec le soutien d'un guitariste jovial. Malgré ses efforts, il restait en dehors de l'instant. Je voyais bien que des pensées tristes fatiguaient son cerveau, et je pouvais entendre battre son cœur dans sa poitrine. Sans raison apparente, un malaise intérieur le déchirait en mille morceaux.

Mélodie et moi, contrairement à nos habitudes, n'étions pas expansives. Nous devions faire l'effet de deux amies sages. Trop sages ! Sans doute Jérôme percevait-il, entre nous, le fil d'une connivence plus forte ; un mystérieux cocon nous isolait de tout le monde.

Mélodie paraissait une eau dormante et paisible. Ses yeux ronds m'envoyaient des messages silencieux. Tranquillité de mare et patience d'un chasseur faisant le guet.

De petits rires, des petites vagues à peine soulevées par un vent discret, des petites phrases murmurées nous aidaient à maîtriser notre impatience.

Plus en verve, je captais les signaux et répondais de la même manière. Nous nous tenions au chaud et nous arrondissions notre monde. Il n'y avait pas de place pour Solange, pas de place pour les autres, pas de place sous notre ombrelle invisible. Bien au-delà des mots, nos sentiments vibraient.

Il y a un art de la relation que seules les femmes sont capables de créer. Parce qu'elles ont, des millénaires durant, circulé dans des zones d'ombre, elles ont appris à flamber dans des conversations anodines. Leurs gestes allument des transes insoupçonnables. Seuls y sont sensibles ceux qui savent plonger sous l'écorce de leur lumière. Leurs mots, dans ces moments-là, ne disent pas. Ils expriment par mille ruissellements l'informulable. Incantations muettes, prières secrètes, aveux, mensonges, ils ont la toute-puissance d'un langage implicite. Elles parlent de leur enfant et c'est du père dont elles parlent. Elles évoquent un mari en pensant à l'amant, et quand elles se taisent, c'est alors qu'elles disent tout.

Avec cette grammaire, nous communiquions pour nous seules, rejetant les intrus hors de notre chapelle intime. Il nous suffisait d'un regard, d'un frôlement, d'un morceau de rire, d'une manière de croiser les jambes, d'une coiffure, d'une migraine, d'une rougeur, d'une intonation pour faire passer le message.

Jérôme mijotait dans sa solitude. Jugeant l'heure suffisamment *mûre*, nous lui avons annoncé que nous devions nous en aller pour chercher Valérie. Longtemps après, il me parla de son *calvaire*.

« Je suis resté à la fête en colère comme un congre, hébété, tout en donnant le change avec de faux sourires. La fête m'a parue irréelle ! Elle n'avait plus aucun sens, ou plutôt ma présence n'avait plus aucun sens. Les invités s'agitaient, buvaient, multipliaient les politesses et les blagues, dansaient. Je me sentais piégé parmi eux, échoué, désolé. Qu'est-ce que je fous là ? Les secondes vrillaient mes tempes, les minutes martelaient mon crâne et les heures m'enterraient tout vivant. Une charge d'angoisse écrasait mon cerveau et toutes sortes de questions démangeaient la couenne de ma tête. Qu'est-ce que je fous là ? Le temps passait. Il ne s'écoulait pas. Je me coagulais, oubliant de rire, de manger, de bouger. La musique me parvenait de très loin. Elle sonnait bizarre ! Solange, percevant ma détresse, a fait ce qu'elle a pu. Tiens ! Bois ! Elles ne vont pas tarder ! Autour de moi, des ombres s'entrechoquaient, se disloquaient, roulaient de verre en verre, sans jamais former un vrai groupe.

Vous ne reveniez pas. Étourdi, assommé, j'en ai eu assez de jouer la comédie. J'avais besoin de m'extraire de cette nasse. Je décidai de sortir, d'attendre dehors, de me fondre dans la glu de la nuit. La solitude n'est rien quand on est vraiment seul. Elle devient un cauchemar lorsque, malgré tout, on est relié aux autres. Quelque part, là où vous étiez, vous avez fabriqué ma solitude !

La nuit était belle, Aurore. Pleine d'étoiles qui ne prenaient pas en charge mon angoisse. Des voitures, en désordre, dormaient dans une indifférence révoltante. C'était trop injuste ! Aucune d'elles ne pouvait me secourir. Tu avais pris la mienne, et celle de Mélodie me narguait. Je n'avais pas les clés ! Et même si... Comment savoir où vous rejoindre ? La question me crucifiait : “Pourquoi ce retard ? Qu'est-ce qu'elles foutent ?” Chaque interrogation transperçait mes mains, clouait mes pieds. Seul, amputé, je sentais mon corps faiblir. Je n'étais plus qu'un sac de souffrances. Qu'est-ce qu'un corps en pareil cas, sinon un entrepôt de douleurs ? L'idée m'est venue que je n'étais pas à ma place. Ma place ? Quelle place ? N'était-elle pas occupée ? Par qui ? Bon Dieu, Seigneur ! La Vierge Marie ! Il est dit, Aurore, que la seule place qui nous appelle maître se trouve au cimetière ! Il est dit ! »

Il me raconta qu'un vieux souvenir l'avait harponné brutalement. Au début de notre histoire. J'avais exigé de le voir avant qu'il ne rentre chez lui. Il revenait, ce soir-là, d'un long voyage et avait demandé au taxi de le déposer au lieu du rendez-vous. Il s'était retrouvé, en pleine nuit, assis sur sa valise, en train de m'attendre. Ému par mon souhait, il n'avait pas imaginé tout le caractère grotesque de la situation avant de la vivre. Sa valise, son amour et lui, dans un lieu public entouré de restaurants, exposés au regard narquois des passants, mesurant dans une attente pleine d'incertitudes mes chances d'honorer ma parole. Et si elle ne pouvait pas venir ? Et si son mari ? Il n'avait plus un sou en poche ! Il avait parié sur moi et le dé roulait dans la nuit démesurément absurde.

Il avait d'abord vu les phares, puis la calandre, enfin la plaque minéralogique. Mon visage apparut en gros plan, à travers le pare-brise. J'étais là !

Il était soulagé. J'étais là ! Il m'a dit que ma présence redonnait du sens à la nuit. J'ai murmuré en l'étreignant : « Je ne pouvais pas supporter l'idée de ne pas être la première à te voir ! » Nous n'avions pas ajouté grand-chose. Les paroles, parfois, réduisent en cendres une émotion. Ce moment unique avait ouvert notre chemin. L'un à l'autre, n'ayant nul besoin de nos corps. L'un par l'autre, protégeant la lueur de notre bougie.

La solitude qui avait suivi notre désertion était d'une tout autre consistance. Je n'avais pas eu conscience de le larguer comme un chien sans maître. J'avais voulu vivre pour moi-même. J'ai eu mal de l'entendre me dire : « Tu ne t'es même pas donné la peine de me jeter à la poubelle ! »

Nous sommes revenues avec un air grave. Sans fournir une quelconque explication. La tension de l'attente avait été si forte que Jérôme parut réconforté en nous voyant. Mélodie revenait de sa croisière et je n'avais pas pu, comme prévu, l'accompagner. Il devina, sans rien dire, tout ce que cette fugue avait signifié pour l'une et pour l'autre. « Je ne pouvais supporter l'idée… »

Il n'y avait pas eu de croisière. Il y avait ce retour. Cette absence au cours de laquelle il avait cru désexister. Le malheur de l'homme, c'est de ne pas savoir mourir alors qu'il porte en lui tant de cimetières ! Paroles de tourterelles !

8

Mélodie déclara qu'elle voulait déménager. La maison du bonheur, trop pénible à entretenir, la fatiguait. L'humidité recouvrait les murs et les plafonds d'un champignon noirâtre contre lequel il fallait lutter en permanence. Bataille toujours perdue... Toujours recommencée. Le jardin en plus... Tout cela coûtait cher... Elle n'en pouvait plus ! Déjà nostalgique de ces moments enguirlandés d'habitudes et de rites, Jérôme avança des arguments contraires. Il oubliait ses joies troubles, ses morosités passagères, ses angoisses et sa peur panique qui, de plus en plus, gâchaient nos rencontres.

« Cette maison a une âme ! Elle convient bien à notre manière de vivre ! Elle... » Tandis qu'il parlait, Mélodie, avec la douce fermeté de ses yeux, s'obstinait dans son projet. De temps à autre, elle soupirait : « Oui, je te comprends, mais c'est trop lourd pour moi ! » Jérôme continuait : « Tu n'en trouveras jamais une autre comme celle-là ! » Silencieuse, elle absorbait ses mots comme pour mieux les dissoudre dans sa certitude intérieure. Je contemplais son visage de Joconde. Si calme qu'il en devenait imperméable ! Si doux qu'il amortissait toute contestation. Si bienveillant qu'il aurait ressuscité un mort. Il mijotait en permanence dans une longue patience que Jérôme prenait pour de la compassion.

En fait, il n'existait pas vraiment pour Mélodie. Elle le voyait comme une sorte de bouledogue romantique qu'il fallait amadouer pour préserver sa souris rose. J'admirais comment elle l'enveloppait d'une écoute solidaire où perçaient des désaccords feutrés. Elle ne lâchait pas une maille sur l'essentiel et concédait tout le reste. À bien réfléchir, elle défendait farouchement son territoire au moyen d'une onctueuse mansuétude. Elle savait désamorcer ses colères, étouffer ses soupçons, éteindre son malaise, détourner ses questions, et il lui arrivait même de le mettre dans l'embarras. Au lieu de l'exclure, elle l'intégrait, ouvrait à deux battants les portes de son amitié. La parole dit : « La femme est comme la terre. Elle te met au monde. Elle te nourrit, et un jour, sans crier gare, elle t'avale. »

Cette affaire de déménagement mobilisa toute mon énergie. Je fis comprendre à Jérôme que Mélodie avait choisi cette maison parce qu'elle pensait y vivre avec son père. Celui-ci disparu, Rosan évaporé, elle voulait prendre ses distances avec ses déceptions. Elle avait besoin d'effacer le passé, de recommencer, d'espérer quelque chose de neuf.

Je m'accrochai à la volonté de Mélodie. Nous sillonnions les campagnes. Nous arpentions les villes. Nous épluchions les petites annonces. Nous prenions rendez-vous, à droite, à gauche.

Nous visitions, hésitions, revisitions avant de rejeter une offre. Je négociais comme si je défendais mes propres intérêts. J'évaluais les avantages, dénonçais les inconvénients. Je partageais les déceptions. Je relançais les recherches. Je pilotais matin et soir avec ma détermination de guerrière. Je fonçais, infatigable tourterelle, en quête de ce nouveau nid. Je remorquais Mélodie. Inséparables, sœurs siamoises, soleil et ombre, bague et doigt, nous montions-descendions, labourant les moindres recoins. Alléchées par une proposition. Emportées. Rien ne nous convenait. Trop grand ! Trop petit ! Trop cher ! Trop loin ! La mauvaise disposition des pièces ! La laideur du quartier ! L'insécurité ! Nous voletions ainsi que bêtes à feu en riant de nous-mêmes et de nos déboires. Nous cherchions ensemble et cela seul comptait. Cela seul suffisait à faire mousser notre sang.

Jérôme se demandait pourquoi nous mettions tant de cœur à l'ouvrage. Au fond de lui, une petite voix chuchotait : « Espèce de couillon ! Tu ne vois pas qu'elles veulent se mettre en ménage ! » Il refusait de l'entendre.

De son côté, Valérie avait rencontré, on ne savait où, Renaud de la Vinaigrerie, un Blanc créole dont le nom fleurait bon l'époque coloniale. Elle se démenait pour donner à leur relation les couleurs d'une promesse et l'éclat d'une bague.

Il demeurait pour elle une énigme. Il l'invitait souvent dans son domaine comme on met une rose dans un soliflore. Elle y passait des jours de rêve et des nuits ardentes avant de revenir chargée d'incertitudes et de doutes à propos de ses véritables sentiments.

Elle nous décrivait les lieux. Un petit royaume avec des promenades bordées de plantes variées. Des ixoras, des amandiers, des hibiscus, des crotons, des oiseaux du paradis, à profusion, mariaient des couleurs vives dans un ordre maîtrisé. Les allées étaient d'une propreté absolue. Elles complétaient l'harmonie des lieux. Petit musée où l'on avait sauvegardé les vestiges d'un glorieux passé. La maison de maître, malgré sa modestie, sentait l'héritage transmis de père en fils, la mémoire d'une famille soucieuse du respect des ancêtres. Un buste par-ci, une fontaine par-là, une petite chapelle, une statue grecque, un jet d'eau témoignaient de la volonté d'introduire dans cette miniature tropicale les symboles d'un monde européen.

Valérie, lorsqu'elle y allait, essayait d'entrer dans son rôle de maîtresse de maison en feignant d'ignorer les traces d'autres présences féminines. Elle balayait les allées, fleurissait le salon, préparait le repas, cherchant à parfaire l'harmonie de son royaume. Et puis, elle s'abandonnait aux caresses de la mer en compagnie des chiens.

Elle ne régnait pas vraiment. Elle s'agrippait à ce morceau d'espérance que lui tendait Renaud avec des manières simples de maître bienveillant. Si bien que le seigneur Renaud retrouvait le soir une dame prête à allumer sa chair avec la délicatesse d'une geisha. Elle frottait son corps avec des huiles rares. Elle massait son cuir chevelu. Elle lui coupait les ongles. Ses mains, à ces heures-là, dénouaient des flammes. Elle remplissait ses nuits de chatteries, de câlineries, de mille doucelettes avant de l'épuiser. Selon ses propres dires, ses bras, ses cuisses, ses lèvres inventaient dix mille jeux. Elle se donnait et se donnait encore, persuadée, malgré nos remontrances, que de cette manière, elle oublierait Jules dans le corps de Renaud.

Apparemment, Renaud n'était pas dupe. Il se laissait conduire là où elle l'emmenait. Parvenu à ce point, il cassait la magie avec des phrases ambiguës et presque cruelles. C'est pourquoi Valérie ne revenait jamais heureuse de ses bordées. Conseiller, consolateur, guérisseur, Jérôme soignait ses plaies. Cela donnait lieu à de longues séances au cours desquelles ils disséquaient les faits et gestes, sondaient les pourquoi et inventaient des stratégies. Valérie appréciait les analyses de Jérôme et lui confiait volontiers ses peines et ses joies. En outre, plus que nous, elle percevait ses oscillations, recueillait ses plaintes et l'invitait toujours à relativiser les causes de ses angoisses. Ils s'entendaient comme un vieux couple sans pour autant se désirer.

De guerre lasse, Valérie s'envola vers la Guyane en nous faisant jurer de lui rendre visite. Par jeu, elle plantait dans ses conversations des propos égrillards. « Je transformerai mon studio en petit nid d'amour ! Vous verrez, ce sera Venise ! » Elle promettait des jardins parfumés, des draps chiffonnés, des brûlures de nuit bleue. « Il y aura tout dans le studio ! Même des gadgets ! »

Nous sommes allées seules. Un empêchement de dernière minute retint Jérôme au pays.

Comme d'habitude, je lui fis le récit de mon séjour en soulignant, d'une voix neutre, la banalité de nos activités. « Nous avons rendu visite à

Solange. Elle t'envoie le bonjour ! Nous nous sommes rendues à Saint-Laurent. Nous nous sommes baignées dans le fleuve. Nous avons vu la ponte des tortues-luths. Mélodie en a profité pour se recueillir sur la tombe de son père. Un séjour sans incident, lisse, ordinaire… Un simple voyage ! »

Quelque chose s'était passé que Jérôme ne pouvait définir. Il le devinait avec le flair d'un animal qui sent le dérèglement du temps. Le ciel le plus beau peut cacher une charge d'électricité ! Selon lui, je n'étais plus la même ! Des esprits m'entraînaient loin de lui. J'avais beau protester, il me répétait : « Tu n'es plus la même ! » Et sa voix sonnait comme un glas !

9

Ah ! Jérôme. Mon Jérôme ! Je voudrais que tu imagines même si je n'ai pas la force de t'avouer.

Imagine la fièvre du départ après avoir manqué notre rêve de croisière ! Imagine, derrière nos masques, calmes et tranquilles, toute cette ébullition ! Christophe Colomb, en larguant les amarres, a dû éprouver ce mélange de frissons, d'orgueil et de défi qui agrandit l'âme. L'avion est parti et notre cœur sautillait d'impatience. Nous allions être entre nous ! Nous allons au-devant d'une odyssée avec au cœur l'émoustille d'un chasseur de trésors.

Je suis en état d'apesanteur. Je vais conquérir *mon* espace. Un flot de paroles et des cristaux de rires débordent de mon euphorie. Tu sais bien que lorsque mes nerfs donnent leur sérénade et que tout mon moi fait allégeance à une nouvelle aventure, mon débit s'accélère et précipite mes mots. Comme les craquements d'un navire en train de forcer la mer, ils se fraient un passage dans la tempête qui m'agite. Ils chantent. Ils charrient des étincelles et des galets d'eau douce. Le timbre de ma voix s'aiguise. Mes yeux fleurissent et mes lèvres tamisent une poudre d'or.

Imagine Mélodie, sûre des joyaux de sa couronne, amassant méticuleusement son miel. Elle absorbe. Elle amortit mon excitation dans l'ombre douce de son regard et relance de temps en temps la parole pour poursuivre le jeu. Elle fait : « Han ! han ! » distraitement ; tout se passe au fond d'elle. Elle se fait écho, duo. Elle se fait bain moussant ou flamme de fougère bleue. C'est selon. Elle berce chaque mot avec la langueur d'une marquise énamourée. Tu sais bien que, contrairement à moi, elle fonctionne en circuit fermé. Elle ferme ses paupières et elle fait la planche. Elle infuse. Autant je suis l'artificier du rire, autant elle flotte dans son sourire.

L'hôtesse passe et repasse. Le temps, mis entre parenthèses, se dilue lentement. Et nous régressons dans un sommeil de fœtus.

Imagine notre arrivée !

Cette forêt presque intacte. Première page de l'origine où l'Amazone déroule ses couleurs ocre.

Du haut de l'avion, je vois un chaos d'arbres. Mon œil glisse sans jamais traverser l'épaisseur. Les troncs disparaissent sous des boucliers. Je capte cette énergie accumulée depuis des siècles et des siècles. Et me viennent les souvenirs de mon enfance. Souvenirs de fougères et de crotons. Souvenirs de siguines. Souvenirs de tout un taffetas de feuilles. Par contre, ce que je vois là est compact, dense, uniforme. Un monde nouveau m'attend et j'ai peur de toute cette sève qui remonte le temps.

L'avion bascule, à droite, à gauche, caresse la forêt. Des saignées de terre apparaissent. Des îlots de savane échancrent la verdure comme des blessures et, peu à peu, des bâtiments sortent des bois, traînant après eux des routes et toutes les constructions des hommes. L'avion s'immobilise et pond ses passagers. L'aéroport. Les formalités. Les bagages. La légère griserie de l'arrivée et peut-être, déjà, un sentiment de reconnaissance pour cette Mélodie qui m'offre sa terre et l'anse immense de son rêve.

La voiture est louée. Imagine ! Faussement décontractées, nous mesurons à quel point nous sommes deux ! Je ressemble à celle qui est à son exacte place et qui consent d'avance à tout. Imagine ! Pas de regards gênants ! Pas de parents ! Pas d'enfants ! Nous sommes deux. Mélodie conduit avec assurance et reprend possession de son enfance. Ses yeux me crient : « Tu verras ! Tu verras quelles merveilles nous espèrent ! » Sans ouvrir la bouche, du fond du cœur, je réponds : « Je sais, *darling* ! Je sais ! »

L'air est moite. Nos corps transpirent. Je ne parle plus. Je déguste l'inconnu. Une part de moi s'évapore et c'est légère que je pénètre dans l'appartement que Valérie nous a prêté. Jérôme ! Je suis une bulle de savon, et pourtant, je me sens si forte. Nous sommes deux et nous sommes *chez nous.*

Imagine notre première douche. Nos nudités se répondent. D'ailleurs sommes-nous nues ? La vraie nudité est d'abord intérieure ! Aux aguets dans la conscience d'être nues. Nous sommes sans vêtements, c'est tout.

Tu connais nos corps. Tu sais que mes seins sont lourds, charnus, moelleux. Ceux de Mélodie fermes et ronds. Petits choux pommés et frais. Ses épaules sont droites, presque militaires. Les miennes légèrement arrondies. Tu vantes souvent nos corps splendides et dissemblables, si pleins de vitalité malgré les hanches étroites de l'une et la taille haute de l'autre. Nous ne nous admirons pas encore. Nous ne faisons que prendre notre première douche de femmes libres.

Libres de quoi ? Nous ne le savons pas encore. C'est une question d'homme ! Nous avons changé d'espace et le dépaysement me procure un bien-être de femme neuve. Je n'ai point de théorie dans ma tête, point de calcul. Mon instinct me parle et me donne des ailes.

Est-ce que nous faisons l'amour après la douche ? Je ne peux rien t'affirmer. Peut-être ! À bien réfléchir, certainement pas ! Nous n'avons ces précipitations qui vous caractérisent. Contrairement à vous, nous ne sommes pas là pour faire l'amour. Quelle horrible expression ! *Nous sommes l'amour !* Nous savons que le temps fait aussi partie de l'amour. Tu as déjà vu certains insectes se frotter les antennes. Nous frottons nos mots. Ils se touchent, hésitent, s'emmêlent, s'accrochent, s'enveloppent. Ce que nous disons est sans gravité. Des mots ordinaires : savon, serviette, climatiseur, armoire, miroir, vêtements, culotte, parfum, ordinateur, souffrance, joie. C'est l'intonation qui révèle. La commissure des lèvres qui trahit. En amour, les mots sont des passoires.

Tu sais, Jérôme, nous sommes deux petites filles. Nous avons dix ou douze ans ! Nous sommes deux *copines* échappées du dortoir, du mouroir. L'une épaule l'autre, même si, le plus souvent, c'est Mélodie qui mène le bal. Tu sais bien que je ne suis pas une suiveuse. *C'est moi-même que je suis dans la danse de Mélodie !* Tu comprends ! Elle met en forme mes désirs selon un art qui s'apparente à l'ikebana : respecter l'inspiration de la nature pour trouver l'élan du bouquet.

Nous n'avons que dix ou douze ans ! Oui !

Petites marmailles ! Étonnées d'avoir un corps et de le sentir vibrer à l'unisson. Nous ne savions pas qu'il pouvait aller si loin. Nous sommes parties à Cayenne, loin de tout et, livrées à nous-mêmes, nous voulons mordre des lunes et avaler des étoiles bleues.

Jérôme, ô mon Jérôme ! Après tant de chemins, nous nous sommes essoufflées à vous suivre. Nous y avons cru, tu sais. Nous avons marché et couru jusqu'au bout de notre foi, semant au passage des bourgeons de bonheur, des chutes de feuilles mortes, des monnaies de larmes et d'immenses déceptions. Nous avons trébuché comme jamais tu n'as trébuché. Nous nous sommes relevées, toutes seules ! Femmes-somnambules. Veuves d'amour. Perdues dans vos labyrinthes. Reine de Saba, Didon, Salomé. Ponts suspendus par-dessus vos promesses. Poignardées par nos propres splendeurs. Ressusciteuses de morts. Laveuses de vies. Femmes-lunes, prisonnières de vos cercles de feu et des cycles toujours recommencés. Vestales et diablesses aux pieds d'ânesse.

Vous les hommes, vous n'avez jamais su prendre soin de la petite fille qui sommeille en nous. Vous ne connaissez que les femmes, et vous ne connaissez des femmes que la largeur de leurs fesses. Vous confondez l'abandon et le don, et faites de notre cœur une défaite sans nom. Vous reluquez nos corps et ignorez ce qu'il y a dedans.

Tu sais, oui, mon Jérôme, nous avons quarante ans et du plus profond de nos luttes pour assurer la vie *des autres*, nous entendons monter les eaux du Déluge. Une voix crie : « C'est mon tour ! » Des verrous sautent. Des bâillons se défont. Des chaînes volent. Nous nous ébrouons comme des animaux sales et nous respirons, à pleins poumons, l'odeur des pluies. Les hommes, pfuiit ! *Vade retro !* Qu'ils aillent se faire foutre ! Tant pis s'ils pleurent ! Ils n'avaient qu'à réfléchir avant !

Avant quoi ? Avant Adam et Ève ! Avant des millions d'années ! Avant d'inventer l'amour et le sexe ! Puisque Dieu, c'est bien vous !

Rassure-toi, Jérôme ! Nous n'avons pas prononcé ces phrases-là. Elles se sont inscrites en nous au fur et à mesure de notre chemin de croix. Nous aurions pu ! Alors, mon cher, nous nous réjouissons d'être entre femmes. Oui, entre odeurs de femme. Entre parfums de femme. Sentis et ressentis de femme. Les enfants sont grands. C'est le moment de tout lâcher ! *Avant qu'il ne soit trop tard !* Oui, monsieur ! C'est le moment de créer tout ce que vous n'avez pas su nous donner. Le plaisir de partager, de communiquer, d'être écoutées, comprises et même devinées ! Oui, monsieur ! C'est cela même ! L'une coule dans les veines de l'autre et il n'y a aucun caillot qui bloque la circulation.

Regarde, Jérôme ! Ouvre les yeux ! Je respire un autre air. J'habite une autre planète. Il y a si longtemps que j'en rêvais ! Être avec Mélodie, libre, insouciante ! Cayenne ! Cayenne ! Hors des murs du *garage* !

Prends ta longue-vue et regarde. Nous allons rendre visite à Solange. C'est une complice aveugle et silencieuse. Elle fait semblant de ne rien savoir. Elle accueille deux copines. Point final ! Les affaires des cabris ne sont pas les affaires du mouton !

Son appartement est net, soigné. Chez elle, tout évoque une ambiance féminine, chaude et douillette. Des bouquets de fleurs bien mis en valeur. Des napperons brodés sur des tables basses. Des tableaux aux teintes douces. Des lumières tamisées. Des coussins. Des meubles créoles. La conversation se réchauffe au feu des retrouvailles. Qu'avons-nous à nous dire ? Que Mélodie cherche une nouvelle maison... Que Rosan a disparu... Que nous sommes heureuses d'avoir fait ce voyage... Que malheureusement, tu ne pouvais venir... Que la Guyane manquait à Mélodie... Que... Que... Le champagne coule. Nous buvons à petites lampées de chatte. Solange ronronne. Elle se plaint du comportement de son bonhomme. Après tant d'années ! Nous collons des mots aux mots, et les yeux de Mélodie font des va-et-vient dans les miens, à moins que ce ne soit l'inverse. Il faut partir, malgré les insistances de Solange. Déjà ! Nous nous en allons.

Nous roulons du côté de Montjoly où quelques villas se sont endormies derrière leurs haies de crotons ou de buissons ardents. Pas un restaurant n'est ouvert ! Il est à peu près minuit et nous optons pour un MacDo. Peu importe ! Notre faim est ailleurs. Elle fait sa niche dans nos silences. Elle grimpe dans nos rires. Elle se vautre sous nos paupières. Si proches ! Si sœurs !

Ce que la nuit ne pourra jamais te raconter, je vais te le révéler. Notre première nuit de vérité.

Regarde ! Ti-mâle ! Regarde ! Mélodie m'a couchée sur le ventre. Mon corps, couleur de rhum vieux, dessine sur les draps des formes de sultane. Mélodie admire la finesse de mon cou. Mes épaules creusées par des seins lourds et mon dos en descente de lave vers le lasso de ma taille. Mes fesses, ni rondes ni plates, tremblent d'exister pour elle. Et le pli, au milieu, lui semble tracé par l'ongle délicat d'un potier. Et tout cela vit devant ses yeux émus avec de fines gouttes de sueur et les tressaillements discrets d'un sang qui attend son heure. Jusqu'aux cuisses bien tournées. Jusqu'aux jambes qui s'abandonnent au jugement dernier. Jusqu'à la cambrure des pieds. Mon corps, couleur de rhum vieux, nage sans bouger. Il suffit qu'il soit nu pour que les draps dansent. Et Mélodie comprend que tout ce corps immense, couleur de rhum vieux, rempli de senteurs capiteuses et de rêves de petite fille, tendu à craquer comme la peau d'un tambour, n'est là que pour elle. Il n'est pas seulement présent. Il lui est offert.

Alors, elle avance une main de masseuse d'herbes folles. Une main qui fait de l'huile. Chacun de ses doigts jongle avec les étoiles dans la nuit de mon dos, dessine des arabesques bleues et des fleurs de lotus. Elle étale une mousse invisible, si onctueuse, si tiède ! C'est la chair du monde qu'elle caresse et je me transforme en dune léchée par un petit vent. La main de Mélodie retrouve la mémoire du premier toucher de la Création, quand nous n'étions qu'une masse d'argile sans souffle. Elle orchestre un chaos. Elle parle une langue si fraîche qu'on dirait un babil d'eau dans les jardins de Grenade. Une langue aux syllabes pures qui se répandent dans toutes les clairières de ma chair. Sa main dénude encore plus ma peau couleur de rhum vieux. Et j'entends le chant de mes os et sens sa doucine. Mélodie s'étonne d'avoir autant de magie au bout des doigts, autant de vocalises au bout de son cœur. Elle cherche sa route le long de ma colonne vertébrale et dans les arrondis, à la source des aisselles et dans le sillage des plis. Je faiblis, Jérôme ! Je faiblis ! Guitare qui se meurt dans une sérénade. Trop, c'est trop ! Et ce n'est qu'un prélude !

Mélodie frôle ma caïmite, s'en éloigne pour mieux y revenir. Avec des gestes de peintre achevant un chef-d'œuvre, elle contemple ce qu'ajoutent ses mains aux couleurs de l'amour. Elle vire autour de la bouée de mes seins. Elle part à la conquête de mon ventre. Alors, comme un pêcheur qui lâche les avirons pour hisser la voile, elle retire ses mains et donne travail à sa bouche. Elle picore mon dos à petits coups de baisers. Elle goûte le feu de ma peau couleur de rhum vieux. Elle pose, avec suavité, les ventouses de ses lèvres au creux de mes reins et sur la bosse des fesses. Et je soulève mes hanches sous la poussée de tant de liesse. Je me tends... Je m'arque en un appel, en une seule prière ! Mon Dieu ! Mélodie répond au frais de mon lambi violet.

Comme un chevreau au pis, elle tarit mon lait. Je tambourine. Je grimace. Je crispe mes mains. Je me débats et pousse comme une femme qui accouche. Je pousse... Je vagis.

Mélodie relève enfin la tête, fière de mes cris de chanterelle et fière de sa moisson. Sans savoir pourquoi, j'éclate de rire comme une gamine qui vient de faire une bonne blague, puis je commence à chevaucher Mélodie. Je veux lui rendre au centuple la monnaie du plaisir. Nous nous butinons en toute licence et dansons courbe contre courbe, flanc contre flanc, et de nos sexes s'écoule la lumière blanche de la naissance du monde. Et dans la brèche ouverte de la nuit, nous nous endormons comme deux sœurs, cœur dans cœur.

Voilà ce qu'aucun témoin ne pourra te raconter. Si une petite fourmi voulait témoigner, elle te dirait que j'ai eu raison de ne pas t'en parler car le plaisir n'a pas de sexe.

C'est vrai que je paraissais immobile comme un ciel qui se prépare à recevoir la semence de l'orage. Tout en moi montrait le chemin de ma défaite. Sous la main de Mélodie, je me transformais en bouquet de flammes, et se fanaient en moi d'anciennes amours. C'est toute neuve que je m'allongeai sur le ventre, donnant mon dos à Mélodie. Non pour fuir, mais pour mieux me laisser surprendre. Ses mains me brodaient, me plongeaient dans un état d'hypnose, et en même temps réveillaient tous les diables de mon dedans. Ses lèvres me pendaient haut. Je devenais cadavre à force de luxure.

J'ai senti sa langue près de ma touffaille. Et bien avant qu'elle n'arrive, j'ai pressenti le péril. Je savais par avance que tout abdiquerait dans les limbes de mes sens. À l'entaille, gonflée d'huile, commençait un battement de silex, et tout en moi quémandait. Connais-tu, Jérôme, cette enflure de vague se préparant à dévorer le sable ? Ces grandes eaux du désir ? Ces muscles roidis ? Mon bassin a basculé comme un pont-levis et tout m'a reliée à la calligraphie de sa langue. Je me suis retrouvée en état d'urgence, dilatée comme une mère qui attend sa délivrance. Je me suis noyée en moi-même.

Et soudain sa bouche sur ma plaie ! Ma gorge s'est asséchée et j'ai perdu le contrôle. Sa bouche s'est égarée dans mes salines. Et je suis devenue une falaise fouettée et fouillée sans répit. Tout s'est effondré par grands pans et je suis montée au plus haut de mon cri. Un cri que je ne reconnaissais pas, Jérôme. Il sortait de moi et pourtant appartenait à une autre. Je me suis engloutie dans une immense illumination. Boucan de folles clartés au cœur de mon périr. Mon double s'est débattu. Et ses lèvres, sans pitié, soulevaient des rouleaux qui me broyaient. Et j'ai été aspirée par un gouffre. Mélodie ô ! Ô Mélodie ! Je n'ai jamais connu... Jaaamais connuuu... JAAAAAMAIS... OUAAAAAAILLE... Mon cœur va s'arrêter... Ô !

10

Quand je me suis réveillée au côté de Mélodie, j'ai eu l'impression de renaître à ma juste place. La vie me baignait et me faisait cadeau de son abondance. J'étais un arbre chargé de fruits. J'étais une belle saison. J'étais un trésor déterré par un rêve.

Elle avait prévu de faire des démarches administratives. Je ne l'ai pas accompagnée. Je me sentais tellement bien et voulais profiter de mon âme de jeune mariée.

Hier soir, c'était une nuit de noces comme Jérôme et moi n'en avions jamais connu. J'étais trop jeune et me sentais trop coupable. Ce matin, une immense paix m'envahit et m'invite à savourer la vie en toute simplicité. Je regarde l'appartement de Valérie et essaie d'imaginer ce qu'était sa vie avec Jules. Une illusion ? Un théâtre d'ombres chinoises ? Peut-être ! Je regarde le lit impeccable et lisse, et je m'attendris en pensant aux vagues d'hier au soir. Et c'est avec un sourire ému que je décide de lire.

Depuis quelques mois, j'éprouve le besoin de chercher dans les livres ma part de vérité. J'ai lu

Le Harcèlement moral, qui expliquait le fonctionnement du narcissisme pervers. Une bête que je ne connais que trop pour l'avoir croisée aux quatre chemins de ma vie. J'ai lu une étude sur les grands trios de l'Histoire. J'ai découvert en eux ce mélange de nécessité et de fatalité sans lequel les amours implosent. Ils s'imposaient, loin des médiocrités, propulsés par une force intérieure, et leurs souffrances n'étaient que l'écho de leur exaltation. Ils avaient tout risqué et cela me fascinait. J'ai lu *L'Estime de soi* en grattant la part obscure de mon moi. J'avais fini par l'oublier. Elle s'était recouverte d'algues mortes, telles ces ancres qui dorment au fond de la mer. J'ai alors compris que, depuis longtemps, j'attendais une secousse pour remonter et continuer ma drive. J'ai lu *Regards féminins.* J'ai lu *Cinq photos de ma femme.* J'ai lu *Autobiographie d'un amour.* J'ai lu *Les Reines noires.* J'ai lu beaucoup pour tenter de répondre aux questions que me posait mon corps. Je suis allée tout droit vers ces livres et ils me ramenaient, épuisée, au fond de mon puits. Je cherchais mon moi ! Pour gagner contre le diable, il faut connaître sa niche !

« Pour une fois, je veux être une femme, entièrement une femme ! », m'a soufflé Taslima Nasreen. J'ai beaucoup appris dans *Éloge du mariage, de l'engagement et autres folies.*

« Un mariage ne se contracte pas.

Il se danse.

À nos risques et périls. »

Était-ce vrai ?

J'ai lu. J'ai appris. J'ai oublié. Je n'ai toujours pas compris.

Pour l'heure, je n'étais perturbée par aucune prise de tête. Je jouissais de moi-même en toute sérénité. Jérôme se trouvait loin et Mélodie logeait en moi à la manière d'un cancer bienfaisant.

C'est ainsi que j'ai absorbé la matinée, en buvant l'air de Cayenne comme un thé chaud.

Sur le coup de 13 heures, Mélodie est revenue et nous avons déniché un restaurant chinois. Mélodie versait des coulées de paroles et je me laissais remplir. « Repas savoureux ! Communion totale ! », ai-je écrit sur mon agenda.

L'après-midi, j'ai décidé de rendre visite à Messala. Elle me boudait car je la laissais sans nouvelles. *Je ne pouvais pas lui dire !* Mes relations avec elle avaient fondu depuis son départ. Elle me reprochait de m'être entichée de Mélodie, qu'elle regrettait amèrement de m'avoir présentée. Alors que nous avions été bague et doigt autrefois, elle macérait dans l'aigreur des délaissées. S'il me restait un peu d'affection pour elle, c'était davantage par fidélité à nos souvenirs qu'en raison d'un présent totalement dévitalisé. *Ma vie était pleine !* Je ne l'appelais plus ou si peu. Tout mourait entre nous. La faute du temps. C'était la faute à mon changement d'orbite. Inexorablement, je tournais la page où s'inscrivait encore la mémoire disgraciée de ce qui fut notre amitié. Messala avait été ma vieille branche du temps où, sans le savoir, je fonctionnais sans but en attente de moi-même. Cependant, la lampe brûlait encore et je voulais préserver ce restant de la flamme d'antan.

Elle m'a reçue avec une joie mêlée de rancune. Tantôt, elle oubliait ses ressentiments et je retrouvais la même Messala, dévoreuse d'hommes, chaude et piquante comme un piment de Cayenne, racontant des frasques plurielles sur lesquelles elle semait, par décence, une poudre de sentimentalité. Tantôt, elle m'en voulait et roulait de gros yeux en m'entendant prononcer le nom de Mélodie. Dans l'ensemble, nous avons réussi à sauver les meubles sans trop nous faire de mal. Nous savions toutes les deux que la messe était dite.

En poussant la porte de l'appartement, je me suis sentie chez moi. Je veux dire *chez nous*. J'ai pris conscience que c'est cela même que je voulais : *faire ma vie avec Mélodie !* Vivre seulement avec Mélodie, sans personne pour empêcher notre planète de tourner.

Le choc de cette révélation m'a rendue gauche en l'abordant. Encore une fois, je me suis sentie coupable. J'ai eu envie de bondir sur elle et de la dévorer. Je ne l'ai pas fait. Faussement calme, j'ai essayé de banaliser nos retrouvailles avec des mots convenus. Elle-même jouait à la détachée, tandis que je lisais dans ses yeux l'accusation d'avoir fugué. Possessive, anxieuse, elle me presse de questions. Je réponds en riant. J'émiette les mots et j'entends le chant de mon cœur. Jalouse ! Elle est jalouse !

Peut-être pour me rendre la pareille, elle m'annonce que nous allons dîner avec Simon, un de ses soupirants. Elle aimait les maintenir sur le feu en touillant de temps en temps leurs sentiments. Pour le plaisir. Pour calmer ses angoisses. Pour ouvrir la fenêtre de ses rêves.

J'adoptais toujours les satellites de Mélodie. C'était ma façon de leur imposer de me reconnaître comme sa moitié. Simon a eu l'élégance de ne pas poser de questions indiscrètes. Il regardait Mélodie avec des yeux de dévot devant l'hostie. Son menton pointu me paraissait d'autant plus comique que son nez glissait vers le bas. J'avais presque peur de le voir tomber. Cette idée bizarre, chuchotée à l'oreille de Mélodie, a déclenché des fous rires répétés. Il souriait bêtement en cherchant à en deviner la cause, désemparé par notre complicité.

Nous avons terminé la soirée chez Solange, et lorsqu'elle m'a parlé de Jérôme, j'ai réalisé que j'avais oublié son existence. Où en étais-je avec lui ? Je choisis de différer la réponse pour ne pas gâcher mon plaisir.

Je ne ressentais aucune révolte dans mes entrailles. Mis à part ses défauts, Jérôme était un bon compagnon. Un peu trop chaud pour moi, peut-être. Un peu, c'est tout. Il s'était passé quelque chose que j'avais du mal à comprendre. Un trop d'ennui ? Je me sentais à l'étroit avec lui. J'avais besoin d'élargir mon horizon sans comprendre pourquoi. Il était là comme une roche au fond de ma rivière. Je pouvais compter sur lui, mais la roche ne coule pas. Trop tranquille ! Trop immobile ! *Un besoin de me perdre* me donnait des grattelles.

De retour chez nous, je me suis abandonnée à Mélodie. Vaincue d'avance, diluée en crème. Chaque seconde pesait une tonne. J'attendais quoi, au juste ? J'étais bien en peine de le dire ! *Quelqu'un* attendait en moi !

Plus l'autre exprimait ses faims et ses urgences, plus je me convertissais en algue molle. Petite feuille emportée dans un déboulé de rivière, bois flot sur le dos des lames, liège, je me suis livrée à l'imminence, me raidissant tout en me rendant disponible. L'autre a reçu une décharge électrique dans ses reins et je me suis recueillie en un seul saisissement. J'attendais les tambours du tonnerre. Mélodie, main d'huile, masseuse de mes feux, au plus fondant de ma moelle, me dédoublait. À son toucher, mon corps est parti en dérade. Le flux sacré du Gange a coulé de mon yoni et j'étais morte avant qu'elle n'ait péché. Ce n'était point pécher que m'ouvrir à tant de moulins à prières. Ce n'était point... L'autre en moi... Mangue fraîche au bout de ses lèvres... Elle me boit. Elle m'élève jusqu'au firmament. Et l'autre a beau crier an moué, beau supplier, beau se tordre et se détordre, elle ne me lâche pas. Bouche ventouse ! Mille pieuvres se débattent entre mes jambes, mille fourmis rouges, mille abeilles voraces, et je jouis, je jouis, je jouiiiiiiis. Tous mes cris sont muets car mes oreilles n'entendent plus rien. Mon ange gardien m'a abandonnée. Je jouis. Je rejouis. Je jouis toujours. Ah, la canaille ! L'autre bégaie au rythme de mes spasmes. Elle dit merci ! Elle demande pardon. Elle... ouayayaye ! Elle siffle comme un serpent damné ! Je m'ouvre à tous les vents ! Je pends haut mes jambes et me sens remplie tout partout ! Et je suis terrifiée de m'ouvrir à ce point, d'être à ce point submergée. Terrifiée par ma propre terreur... Mes yeux vont éclater ! Maman ! Papa ! Jérôme ! Oui, j'appelle Jérôme au secours ! *Ô mon inlassable qui tout en moi pétris et remodèles avec des mains d'encens ! Mon inclassable ! Mon insatiable et la fête de tes mains ! Tout partout !*

Je veux la remercier. Je veux dérégler la balance de ses reins. Réconciliée avec l'autre, je ne me reconnais pas. C'est moi-même ! Mélodie envoie son vocal ! Elle fait han ! han ! han ! Aurore ! han ! Femme fouettée ! Femme hachée ! Han ! La nuit nous hisse, nous hale ! Je cloue des baisers sur sa peau. Et nos bras s'arrondissent. Et tout en nous s'exile, et nous sommes des îles sous les pas d'un cyclone. Prédatrices ! Donatrices ! L'éclair en nous perdure et scelle sa marque. Nous avons fait le tour complet de notre sang ! Le tour des rosées ! Et derrière le masque de nos pluies, l'amour est une mort incendiée, et qui danse.

Je me suis fondue dans la nuit. Bloc de sommeil. La présence de Mélodie, sa tiédeur sous les draps, son souffle. Ne pas entendre les ronflements de Jérôme ! Quel bonheur !

Le soleil ouvre le jour. C'est tranquille et heureuse que j'étire mes muscles et vais préparer le café. Je regarde couler la sève noire et brûlante. Elle réchauffe mon âme et délie mes pensées. J'aime le café, et s'il y a une chose que j'apprécie, c'est la première tasse du matin. Jérôme n'a jamais compris que c'est un moment intime pour moi, pour moi seule ! Je n'aime pas qu'on me dérange ! Je veux mettre en ordre les prévisions du jour. Une femme doit toujours prévoir.

(Comment vais-je régler telle facture ? Pourvu que Jérôme n'oublie pas de… Il faut que je rappelle ma mère ! C'est bientôt la date de la révision de ma voiture… Les courses sont presque finies…)

D'habitude, je m'enferme en moi, prostrée comme une chauve-souris, et je déroule le fil de mon cerveau. Aujourd'hui, je plane, portée par le courant des sensations de la nuit que je viens de passer. Je savoure ce café fort dans lequel je renais. Mélodie, elle, prendra du thé. Je fais infuser un sachet dans l'eau chaude et c'est le matin, tout entier, qui prend la couleur du thé. Jaune d'or, il vire au brun clair. Et nous buvons ensemble, avec le recueillement qu'il faut pour passer la frontière de la nuitée ardente. Puis, le temps nous emplit. Il déborde en paroles fofolles. Valérie débarque, tout émoustillée. Nous savoir nues sous nos paréos, deviner nos ébats, nous voir si naturelles, allume dans ses yeux des braises coquines. On dirait qu'elle nous admire. Alors qu'elle cherche souvent à tempérer même nos silences, elle se repaît de notre liberté volée. Elle sait bien que dans une île comme la nôtre, la parole tue plus vite qu'une bête longue. Elle a apporté des croissants chauds, des fruits, des journaux et des nouvelles de Cayenne où l'ennui brûle tant de vies.

Derrière les persiennes des maisons coloniales, pataudes et humides, au cœur troué de la place des Palmistes et jusque dans les bordées de Chez Nana, la vie s'engourdit, étouffée par l'entour des forêts et la lenteur des fleuves. Les existences coulent sans autre imprévu que des changements de partenaires. On y joue aux chaises sentimentales malgré les appels d'une terre immense que personne n'écoute.

On parle d'or sans aucune fièvre. On assiste au pillage les bras croisés. On peste contre la base spatiale de Kourou, seule enclave où le temps s'accélère. On parle d'Amérindiens dont les villages sont des agonies. On parle de Bonis qui courtisent les fleuves, et surtout de leurs femmes dont le sexe est armé de sortilèges et de mordants. On parle des Brésiliens qui grignotent un morceau de vie. On parle des Haïtiens aux yeux mornes qui transportent avec eux l'écale de leur pays, des Surinamiens, des voisins violents du Guyana. On ne parle pas des Blancs-France, sauf à dire qu'autrefois le bagne... On parle du plateau des Guyanes comme d'un bouclier contre les Antillais, et l'on se met à rêver de la force du Brésil sans comprendre que le Brésil n'est qu'une Guyane qui assume ses rêves.

La Guyane ne rêve pas, ou si peu. Elle broute son espace au museau de ses pluies sans jamais cultiver les racines du temps. Elle ressemble à un présent sans papa ni maman. Voilà pourquoi tout y est possible, y compris de s'aimer sans la densité des fidélités et le bagne des convenances. Elle aère. Elle libère. Terre d'aventures et de passions cachées !

C'est ce que j'ai flairé au cours de mes séjours. C'est ce que j'ai appris de la bouche de Valérie.

Je comprends mieux ce besoin qui tourmente Mélodie, ce sentiment de perte qui ne l'abandonne jamais depuis qu'elle a coupé le cordon pour vivre dans une île timbre-poste. La Guyane sera toujours sa légende nourricière !

Elle flotte, Mélodie, entre deux terres, entre deux amours. Ses vraies racines sont aériennes et tout le reste n'est que mangrove. Il lui faut un tuteur, une rame d'igname afin qu'elle tienne debout. Et je me demande si ce ne sont pas ce flotter, cette angoisse en embuscade, ce dessouchement où s'emmêlent des peurs de petite fille qui me font l'aimer tant. J'ai la manie de porter la souffrance des autres, et les inquiets, les fragiles peuvent toujours compter sur ma compassion. Elle flotte Mélodie, bouée perdue dans la passe des amours, et si ses mains sont si douces c'est qu'elle crie au secours. Depuis la mort de son père, elle enfile des larmes intérieures que personne ne voit. Voilà pourquoi elle rit doucement, de peur de casser sa joie. Alors, je mets en branle son énergie. Je l'aide à rassembler ses morceaux, à reprendre son debout de femme campée sur la terre désertée par les hommes. À vrai dire, ils n'ont pas déserté. Ils sont là comme des branches de fumée auxquelles nous nous accrochons, faute de mieux. Paniers percés où nous versons nos pleurs et nos prières. Ils ont perdu combat, vaincus par leur propre force, et la béquille de leur sexe les empêche de marcher droit. Ah, tristesse !

Nous voilà au cimetière. Bancales retrouvailles avec le père de Mélodie. Jardin des morts où quelques arbres agitent mollement le souvenir des souvenirs. Je suis à son côté et ressens une immense solidarité. Je n'aime pas l'idée de la mort. J'ai trop de mémoire pour croire en elle. Nous, les femmes des Caraïbes, nous ne sommes pas des femmes, nous sommes des lignées. C'est le piège des ans qui nous fait croire que tout est vanité. Mon cœur bat trop vite, trop fort, pour que je cède à cette gratuité. Je vis. Je suis vivante et c'est en vivante que je me recueille.

Ce père que je n'ai pas connu s'est mis à vivre au gré des confidences de Mélodie. Elle en parle beaucoup. C'était son totem, son chaman et son griot. Elle n'accepte pas de l'imaginer dans le blanchiment de sa mort. La vie lui paraît trop grande depuis qu'il n'est plus là. L'angoisse trop dure à casser. Elle recommence son récit, pour la énième fois : « Il était déjà malade quand j'ai décidé de partir, et c'est pour vivre avec lui que j'avais acheté la maison. Pour qu'il soit près de moi. Je me suis retrouvée seule et c'est pourquoi j'ai accepté Rosan dans mon lit. Mon père me passait tout. Il ouvrait son sourire et je m'y lovais. Dans ses yeux, une lune douce traînait. Je pouvais partir, revenir, repartir, il m'attendait. Son absence m'éblouit et m'aveugle... (Rosan n'a rien compris ! Je ne suis pas un trophée que l'on accroche à un mur !). Malgré sa douceur, je le devinais fort. Fort sans la furie ordinaire des hommes. Fort tout bonnement ! Capable de réajuster mon cœur. Il négociait en silence et soutirait de moi un semblant d'innocence. Je l'aimais parce que devant lui je n'étais jamais coupable. Je revois encore son visage et cette tristesse distraite dans son regard. Les remous de mon sang, les pierres instables sur lesquelles je cherchais mon équilibre de fille sans mère, rien de tout cela ne pouvait le désarçonner. Il me ramenait toujours dans la paix de ses yeux attendris et meurtris.

Il est venu me chercher chez cette dame dont je t'avais parlé. Cette dame plus âgée que moi chez qui je m'étais installée. Je croyais naïvement en son amour. Elle n'était que paquet de feuilles sèches qui tremblaient au contact de ma fraîcheur. Elle m'a enseigné bien des choses que je n'ai jamais oubliées. Qu'il existe en toute femme un conte de fées et un lamento d'orgues. Que nos hanches jonglent avec les étoiles. Que nos chairs se dessèchent de ne pas aimer comme de trop aimer. Que le pubis est le plus bel éventail. Que l'amour est une vieille femme qui radote. Que nous sommes nées blessures et mourrons blessures... Tant de choses écrites sur ma peau ! Parfois, il lui arrivait de boire, mais ce qu'elle recherchait ce n'était pas l'ivresse. C'était un grand pardon. Elle m'a apprivoisée, léchée, emprisonnée, initiée. J'ai fini par la quitter, sans remords. C'est aussi devant tout cela que je me recueille aujourd'hui. »

Autour de nous, les oiseaux tournoyaient en dessinant des lassos de prières. Elle a pris un peu de terre que ses doigts ont vite relâchée. Elle a regardé s'éparpiller la poignée de terre. Un petit vent s'est levé et j'ai pensé que c'était le souffle de son père qui lui souhaitait bonne chance.

Je partage mieux ses silences quand il lui arrive de se retirer de tout et d'ouvrir les yeux comme un bébé qui voit passer des anges. Et là, ce matin, dans le cimetière, son silence moissonnait un pardon.

11

Nous avons quitté Cayenne pour nous rendre à Mana. Mélodie conduisait. La route s'ouvrait devant nous, pleine de lumière. Comme elle était relativement monotone, je me suis peu à peu investie dans le paysage. Les arbres se regroupaient en forêts. Les forêts s'élargissaient en océan. Je devinais, par-delà la Guyane, que l'océan lui-même se démultipliait en d'autres mondes. Une force incommensurable dormait là, sous les feuilles. Des milliers d'oiseaux donnaient des ailes à ce monstre végétal. Des panthères, des cochons sauvages, des biches, des paresseux, des maïpouris, des papillons alimentaient l'énergie des grands bois. Des ruisseaux, des criques, des rivières et des fleuves rafraîchissaient cette grosse chaudière. Et toute cette énorme machinerie convergeait vers un seul but : rendre hommage à la vie !

Cette vie généreuse et meurtrière, abondante et sans cesse menacée, tourmentée et calme, entrait en moi et m'inondait. En dépit de leur immobilité, les arbres nourrissaient une colossale forge biologique où tout naissait, se transformait et mourrait afin de renouveler le chant de la vie. Je les comparais à de grands béliers lancés à l'assaut du ciel. Ils jetaient des cris de joie ou de souffrance, et leur musique s'accordait aux racines du temps.

Des feuilles séchaient et tombaient. Des branches se cassaient. Des troncs dévorés par des parasites se dévitalisaient. Au cœur de ce massacre quotidien, des pollens, des graines assuraient la relève. Un grand principe d'amour commandait le chaos. Il n'excluait ni les déchirures, ni les abandons, ni les séparations, ni les morts, ni même la douleur des êtres qui, sans crier gare, rompait l'équilibre pour mieux renaître. Lui seul réclame tout. À lui seul tout est donné, sa part de vie se révélant comptable de toute la vie.

Je me suis sentie à l'unisson avec cette évidence. Le message de la forêt résonnait en moi et ce n'étaient plus les feuilles qui me parlaient, c'étaient mes atomes et mes globules qui rejoignaient l'univers.

En moi aussi, une énergie demande passage. En moi aussi, une vie se propage et prolifère. Je me défeuille et mon tronc s'arrache en donnant à voir mes racines déchirées. En même temps, poussent des bourgeons dont j'ignorais l'existence. Je n'ai rien fait pour cela ! Mon moi a ouvert un chantier dont je ne connais pas le but. Je m'ouvre à un enfantement qui bouleverse la genèse de ma genèse. J'accouche là, dans la voiture, sans verser une goutte de sang, sans pousser un cri, sans forcer mon sexe. J'accouche et le monstre qui pointe sa tête, au lieu de m'effrayer, me réjouit. Mon bébé ! Mon nouveau-né ! Il n'y a pas de vagissement mais une explosion de toutes les particules du temps et de l'espace. Mélodie ne voit rien. Alertée par un sixième sens, elle tourne vers moi un regard embué de tendresse. C'est depuis ce jour-là qu'il m'arrive de pleurer sur ma mort et ma résurrection.

Nous voici arrivées à Mana où nous sommes chaleureusement accueillies par des amis. Ils nous proposent de nous emmener voir la ponte des tortues-luths. À minuit pile, nous partons.

Les tortues se dirigent vers la plage, puis remontent les collines de sable. Parvenues à l'endroit propice, elles commencent à creuser. Avec des gestes lourds, lents et saccadés, elles creusent... creusent... creusent... Toujours à la même cadence, sans jamais s'arrêter. En dépit de leur lenteur, elles accomplissent un immense effort. Elles peinent et continuent leur labeur nocturne. Petit à petit, une partie de leur corps s'enfonce dans le trou. La lumière de la lune glisse sur leur écale. Je suis fascinée par tant d'abnégation et de souffrance ; tandis qu'elles pondent, elles pleurent silencieusement. Le fouaillement du sable et le ronflement de la mer confèrent à ce spectacle une allure surnaturelle. Je respire faiblement, pleine de compassion. J'ose à peine chuchoter quelques mots que le vent déforme. Cela dure longtemps. Ayant fini, les tortues recouvrent leur nid avec la même patience et la même douleur. Elles retournent vers la mer, amaigries et fatiguées. Tout naît dans la souffrance et de la souffrance. Cette vérité, je l'ai gardée comme un cadeau des tortues-luths.

Décidément, la Guyane m'offrait de fabuleux trésors !

J'emmagasinais son énergie. La nature me donnait le mot de passe de sa force. J'accueillais toute cette décharge de vitalité et il me semblait descendre au plus profond de moi-même. J'y trouvais toutes les ramifications du sensible.

La révélation m'est venue de la main même du fleuve. Nous nous y sommes rendues pour nous promener.

Fleuve en majesté, aux reins cambrés.
Divinité à l'heure de la danse.
Son eau n'est que la mémoire du ciel.
La pirogue la caresse d'un doigt long et fin et le piroguier est son amant.

Je monte craintivement dans la pirogue et me laisse envahir par tout ce bruit de feuilles froissées sur les rives, toutes ces cicatrices d'oiseaux, toute cette langueur des eaux et tout ce que sème le vent. Le piroguier chante dans sa langue et, pour moi, c'est le fleuve qui chante pour apprivoiser les esprits. Une chanson très ancienne qui m'entraîne vers l'origine du monde. Mon corps part loin, très loin !

Fleuve en majesté et la pirogue léchant d'une langue longue les lèvres ouvertes des eaux. Tout ce profond où s'allaitaient les lamantins ! Grand livre des eaux, je suis à ta merci ! Et si les nuages épongent mon front, c'est pour mieux laver mes rêves.

C'est ce que je dis tout bas.

Le piroguier chante. Sa voix calme les divinités du fleuve. Celles qu'ont adorées les tribus amérindiennes. Celles qu'ont amenées les Bonis. Celles qui mêlent les sangs et les légendes. Je sentais leur présence comme des flambeaux d'escorte. Elles m'invitent à poursuivre l'accouchement, à pousser, à pousser. Pas de sang, pas de cri ! De petites îles naissent en moi, de petits points lumineux qui vont s'écraser sur l'eau ! Pas de sang ! Pas de cri ! Pas de déchirure visible ! Seule une flèche qui part !

La pirogue s'arrête dans une petite crique couverte d'ombre. Un haut lieu de moiteur, à l'écart de toute agitation. Un de ces lieux qu'on imagine volontiers vierges. Un petit nid d'eau verte, de buissons entrelacés, d'arbres endormis, de rideaux de lianes, de feuilles tremblantes. Calme ! Si calme ! Un creux serré entre les jambes des arbres.

Mélodie m'invite à prendre un bain. La pirogue et son chanteur s'éloignent. Tout en moi se dilate. Mélodie se déshabille. Elle me propose de faire de même. Devant mon hésitation, elle me dénude délicatement comme si mon corps risquait de s'évaporer. Nous voici nues, dans un jardin d'eau. Inspirée par les libellules, le froufrou des feuilles, les cristaux d'ombre, la douceur du lieu, je l'enlace. Je l'embrasse tendrement, longuement, voluptueusement. Je m'endors dans ses lèvres. Il y a dans ce baiser d'eau vive tout l'éclat d'un premier baiser. Il y a toute la gratitude. Il y a l'émerveille. Des senteurs de jasmin, de citronnelle et de terre mouillée. Il y a toute une partie de moi qui se dissout. Il y a une autre vérité qui fissure le temps d'avant. *Ma vérité !* Tout bascule et explose. Le soleil est en miettes. L'eau est désarmée par le court-circuit de ce baiser. Je viens de découvrir l'insu de ma féminité. Je suis une femme et non pas une folie d'hommes.

Que souffle à notre forge, l'haleine d'un songe et sur mon front déposez, sans trembler, le sceau pur du baptême !

Je suis née de cette révélation. À quarante ans ! Je suis née de cette cérémonie de l'eau qui a tout liquéfié, épuré, charroyé. Je suis née de ce besoin de dénouer la corde et de mettre un coussin de nuages sur ma tête de porteuse d'eau. Je suis née de l'invocation du fleuve. Je suis née et rien ni personne ne pourra m'empêcher de porter mon cercueil à ma guise.

Et ce n'est pas ma faute si mes seins durcissent, si des rosées scintillent. Ce n'est pas ma faute si mon corps m'a toujours séquestrée ! Ce n'est pas ma faute !

D'aimer une femme me rapproche de moi. Je me sens totalement femme… Femme et non pas l'aînée. Femme et non pas l'épouse. Femme sans additif, pleine de moi-même. Mon corps vit sa mue comme une délivrance.

Que l'on s'assemble sur la place publique et que l'on écoute ma fanfare d'amour !

Celle que j'aime est une femme. Elle n'a pas de barbe. Elle n'a pas de sexe qui serpente sournoisement pour crever les poches de la nuit. *Elle n'a rien à prouver !* Nous partageons la même mémoire de la vie. Nous partageons les mêmes butins. Nous portons les mêmes bagages. Celle que j'aime est une femme et j'allume des bougies votives. Je bois du sang de taureau. Je brandis un bâton de pluie. Un bouchon a sauté !

J'ai porté mes sœurs et mes frères, mon oncle malade, tout un lot de cousins et de cousines, de voisines teigneuses, de voisins vicieux, et toute une colonie de personnes sans tête qui ont saccagé mes jeunes années. J'ai porté sur ma tête les tracas des autres. J'ai porté, dans les bureaux, des papiers hostiles à la bourse des malheureux. J'ai porté des rumeurs de langue sale. J'ai porté des combats d'écolière. J'ai porté, ô, dans mes bras maigres, des manœuvres débrouillardes pour sauver les autres. Je n'ai pas porté ma jeunesse. Je n'ai pas porté de ventre sans papa à ma mère. J'ai porté mon cœur gros sans gémir. J'ai porté mes enfants dans mes entrailles. J'ai porté ma solitude. J'ai porté le crachat des femmes adultères. J'ai porté Jérôme. J'ai porté le temps comme une chose trop sérieuse. J'ai porté des paquets de colère et des mousselines de rires. J'ai porté tant et tant que j'en ai laissé par terre. J'ai porté. *J'ai supporté. Je ne me suis jamais portée !*

Alors, je veux m'assumer en victime libérée, en envoûtement, en désastre épanoui. Je n'ai pas peur !

Et puis, ce n'est pas la peine de me parler ! Je ne veux rien entendre ! Je veux être sourde. Je ne vois plus la couleur de vos mots. Je veux être aveugle, les yeux seulement rivés sur les battements de mon cœur. Elle ne me possède pas ! Je lui appartiens ! Pour une fois, je bois une chopine de bonheur ! Pour une fois, je suis fière d'être si faible ! Pour la première fois... Une toute petite fois... Et tous mes dieux d'avant ressemblent à de pauvres pantins. Et tous mes vœux d'antan sonnent comme des délires... Je n'ai rien promis à personne ! Je veux vivre pour moi ! Laissez passer ma fanfare d'amour ! On meurt trop vite ! J'ai quarante ans ! Déjà !

Évidemment, je n'ai pas dit tout ça. J'essaie simplement de vous faire comprendre ce qui s'est passé.

Lorsque je suis revenue à moi. Le même astre était toujours là. J'ai fait un petit signe au soleil et j'ai dit : merci la vie ! La pirogue et son chanteur nous ont ramenées. Bien que je fusse habillée, je me suis sentie parfaitement nue. Nue et libre ! Libre et enchaînée ! À moi-même !

Tout le reste n'a aucune importance. Notre retour sur Cayenne, nos préparatifs de départ, nos babillages et nos émois. La seule chose que je peux affirmer, c'est que, lorsque l'avion a atterri, à ma simple manière de respirer l'air, j'avais la certitude – et pas peut-être ! – d'avoir changé de corps et de cap.

12

En l'espace de quelques jours, la terre a brûlé sous tes pieds. Comme ces dinosaures piégés par un cataclysme, tu es condamné à disparaître. Tu es devenu une bête d'un autre temps dont on ira contempler le squelette au musée de la Préhistoire.

Sans arrêt, Aurore et Mélodie s'envoient des messages. Tu regardes, étonné et intrigué, les mains d'Aurore sur le portable. Elles se démènent nerveusement, s'agitent comme un crabe épileptique. Chaque message reçu, chaque message envoyé déclenche des salves de rire. Aurore s'illumine avant de s'éteindre doucement tout en gardant en elle un restant de lumière. Ainsi, un rouge à lèvres laisse la trace d'un baiser. Ses mots se bousculent et débordent sous la pression d'un trop-plein.

De plus en plus, tu te retrouves seul à des moments où, autrefois, elle t'aurait accompagné. Seul au cours de tes sorties. Seul chez des amis. Seul. L'unique fois où elle a accepté d'aller au spectacle avec toi, tu découvres avec horreur qu'elle a passé son temps à communiquer avec Mélodie !

Elle paraît heureuse de profiter de tes moindres obligations pour rejoindre Mélodie. « N'oublie pas ton rendez-vous ! Tu as promis d'aller voir ta mère ! Pendant que tu seras à ta réunion, j'irai faire un tour ! Avec tout le travail que tu as, tu ne pourras pas venir avec nous ! »

Sans prévenir, elle rentre à 5 heures le matin. C'est la première fois ! Dans un flot de paroles, elle t'explique qu'elles sont allées au restaurant et sont ensuite restées à contempler la lune. « Je n'ai rien fait de mal », ajoute-t-elle. C'est cela même qui te tue. Elle ne fait rien de mal et pourtant tout va mal. L'ambiance a changé. Rongé par des poux mystérieux, le couple s'effrite. Aurore affiche une telle soif de vivre que tu essaies de dominer ton trouble. Pourquoi l'empêcher de se faire plaisir ? Comment accepter d'être relégué au second plan ? De toute façon, elle a réponse à tout. « Ce n'est pas pour t'éloigner que je dis ça ! Pendant que tu travailles, il faut bien que je fasse quelque chose. Je ne vais nulle part, je suis chez Mélodie ! » Seule Valérie, de temps à autre, exprime son désaccord. « Vous exagérez, les filles ! J'ai dit à Aurore qu'elle devrait rentrer chez elle ! Personne n'a voulu m'écouter ! »

À la date prévue, Aurore annonce brusquement qu'elle ne veut plus fêter son anniversaire. Consternés par cette décision, nous décidons de passer outre. Mélodie organise chez elle une modeste réception. Tout le monde se retrouve dans une ambiance agréable. Champagne, blagues, rires. Mélodie et Valérie chantent « Ne me quitte pas ». Aurore se laisse faire. Gâteaux ! Bougies ! Photos ! En les regardant, quelques jours plus tard, tu t'aperçois que tu n'es jamais à côté d'Aurore ! Ah, tristesse !

Un vendredi soir, tu dois rendre visite à un ami. Tu es épuisé. Ton cerveau en bouillie te fait de plus en plus mal. En te lavant le visage, tu vois dans le miroir un être blême au regard brouillé et aux joues creuses. Il te ressemble vaguement. Tu avales des comprimés de magnésium afin de calmer tes angoisses. En fait, tu n'as pas la force de conduire et tout en toi crie au secours. Toute à sa rigolade, Aurore ne remarque rien. Ce n'est pas son problème ! Mélodie lui dit : « Jérôme ne va pas bien du tout ! » Elle s'en fout. Au contraire, avec le cynisme des amants comblés, elle te conseille de prendre une douche et de te dépêcher pour éviter d'être en retard. Tu pars seul. Une fois de plus. Malheureux !

Le lendemain, vous vous rendez tous les quatre sur l'îlet. Tu es présent, mais Aurore t'ignore. Seule Mélodie existe. Parler à Mélodie. Rire avec Mélodie. Regarder Mélodie. Écœuré, tu vas faire un tour. Face à la mer, assis sur le bord de la falaise, tu te sens exilé. Aurore, sans s'en rendre compte – la tête ailleurs –, est en train de te bannir. La solitude te fouille. Et pourquoi tu ne sautes pas ? Pour la première fois de ta vie, tu te sens impuissant. Même la mer ne peut rien pour toi. Elle hache ses vagues et c'est tout.

Que peux-tu faire ?

Aurore est emportée par un courant qu'elle ne contrôle plus. Échappée hors d'elle-même, elle galope. Tour à tour mustang, guépard, panthère, elle bondit. Ni les rivières à franchir, ni les arbres à grimper, ni même le risque de laisser sa peau, rien ne peut l'arrêter. Elle a bu du sang de taureau et aucune corrida ne lui fait peur. Elle a bu du sang d'éléphant et la terre tremble sous ses pas. Elle a bu du sang d'autruche et elle peut tout avaler.

Des fois, en pleine nuit, elle lâche l'eau d'un pleurer. Cela te bouleverse. Tu demandes pourquoi sans recevoir de réponse. Un seul maigrir suce son corps. Au début, tu as pensé qu'elle suivait un régime... Au début ! Plus mal encore, *elle s'est chosifiée.* Butin à Mélodie ! Toute la journée sa bouche sonne la même cloche : Mélodie ! Mélodie ! Mélodie !

Dès son réveil, elle l'appelle. Tu ne connais pas cette voix-là. Sirupeuse, presque chuintante, soyeuse aussi, chatte plus encore. Une berceuse, oui ! Une eau sucrée ! Une doucelette ! Elle enveloppe Mélodie. Elle câline Mélodie. Ce qui te tue, c'est que tu perçois l'infinie soumission qui colore sa voix. Une offrande totale ! « Je me disais la même chose ! C'est comme tu veux ! Tu as raison ! Exactement ! » Même une feuille de papier à cigarette ne pourrait se glisser entre elles ! Il te suffit d'entendre cette voix pour que monte en toi une féroce irritation. Tu te demandes pourquoi. En apparence, elle ne fait que parler. Tu ne peux lui reprocher de torsader ses lèvres. C'est sa bouche ! C'est sa voix ! Cette onctuosité te paraît indécente. Elle te répondra : « C'est comme ça que les femmes parlent *entre elles.* » Oui, mais il est des intonations et des regards qui sont plus obscènes que des actes. Et ce que tu entends, c'est une prière de dévote en pâmoison. Sainte Mélodie, priez pour nous !

Il lui faut Mélodie tous les jours, à toutes les heures et le plus longtemps possible. C'est son huile ! Les prétextes se multiplient. Les raisons pleuvent. Et lorsqu'elle se retrouve à court de munitions, elle tourne dans la maison comme un diable en bénitier, et puis elle s'envole d'un grand coup d'ailes, sans appel.

Ce n'est pas la peine de lui demander où elle va.

Un matin, à peine sortie du lit, elle t'informe qu'elle doit aller chez le coiffeur. Elle adopte cette voix neutre derrière laquelle elle dissimule sa gêne. Tu devines qu'elle a rendez-vous avec Mélodie. Tu lui fais la remarque. Elle explose :

— Je vais chez mon coiffeur, mais je peux aussi aller chez Mélodie ! Tu veux toujours me contrôler ! J'ai le droit d'aller où je veux ! Chez Mélodie ou ailleurs !

Ah ! Le *« J'ai le droit ! »*. C'est son gilet pare-balles. J'ai le droit ! En toute sauce ! À chaque coup de liane ! À chaque affaire mêlée ! *« J'ai le droit... »* Que vient faire le droit dans cette affaire ? Tout le monde a des droits, ma chère !

Elle a le droit de passer une journée entière chez Mélodie. Le droit de revenir à une heure avancée de la nuit. Le droit de ne rentrer qu'à contrecœur. Le droit de rappeler Mélodie, une fois rentrée. Le droit de se vider de toute joie de vivre quand vous êtes tous les deux. Le droit de se faire belle – et jamais elle n'a été aussi belle ! Le droit d'exhiber sa nudité. Mélodie aime tellement admirer la fête de son corps ! Fais-nous voir, Aurore !

En disant cela, tu penses brusquement à Félicité. Elle aussi avait aimé voir...

Elle avait la franchise saine des femmes pour lesquelles le péché n'existe pas. Elle ne respectait que la chaleur de son corps et le puits rose de son dedans. Elle dévorait la vie, sans détour, sans crainte, en lui offrant la cadence de son cœur et la musique de ses orgasmes. Ah ! généreuse.

C'était une femme fine dont le charme n'éblouissait pas au premier abord. Il fallait entrer dans la baie de son sourire, dans les épices de ses yeux, dans la doucine de sa voix, pour découvrir la force de son piment. Elle bougeait mollement, remuant sur son passage une houle lascive. Lorsqu'elle levait les bras, il s'envolait de ses aisselles les senteurs sucrées d'un champ de cannes fraîchement coupées. Elle s'habillait sobrement, sans recherche particulière, comme si sa chair suffisait à transmettre les pouvoirs de sa présence. Une douleur enfouie ombrait ses paupières et creusait les plis de sa bouche. Était-ce une douleur ? Peut-être la trace d'un ennui qu'elle essayait en vain de gommer.

Elles s'étaient découvertes à distance, juste pour recueillir une première impression. Puis, elles franchirent le pas en décidant de se rencontrer dans un restaurant. Le vin filtrait l'éclat des regards. Les mains se crispaient sur des plaisirs anticipés et, très vite, nous fûmes à l'unisson, tissant la soie des futures retrouvailles. Elles vinrent rapidement. « Tout ce qui traîne se salit », disait Félicité dans un rire chaud et velouté. Aurore prit l'habitude de déjeuner avec elle ou de lui rendre visite le week-end. Elle appréciait beaucoup sa compagnie. Elle partageait ses petites peines conjugales. Elle se laissait glisser dans sa barque avec la curiosité d'un promeneur qui veut découvrir la totalité du panorama. Félicité vivait sa relation avec Aurore de façon sereine et enjouée, sans y mettre ni pression ni passion. Elle enguirlandait sa vie. Ce qu'elle recherchait, c'était davantage une amie de cœur qu'une frénésie d'amante. Aurore, progressivement, prenait plaisir à ses escapades en femme qui avance vers des horizons plus larges. Elle n'avait déjà plus, au lit, ses raideurs d'autrefois ; elle jouissait d'elle-même avec une plus grande disponibilité. Elle s'étonnait de voir Félicité défaillir dans de longues apnées pour émerger dans un grand cri syncopé comme un bégaiement de douleur. « Qu'est-ce que tu as ? », demandait-elle, inquiète et surprise de tant donner et tant recevoir. Il y avait tellement d'amitié entre elles, tellement d'entente, tellement de bonne humeur que tu n'éprouvais pas le besoin de t'imposer. Il te suffisait de savoir qu'Aurore cueillait du bonheur. Femme épanouie, mari heureux..., pensais-tu alors. *Ce n'était qu'un jeu !* Une façon de faire passer le vent entre vos branches...

Tout alla bien, jusqu'au jour où Aurore commença à se plaindre. Félicité ne venait jamais chez nous. La balance penchait trop d'un seul côté. En réalité, Aurore avait découvert que Félicité manigançait au profit de son homme. Aurore en fut indignée. Blessée dans sa confiance, elle mit fin à toute relation. Elle préférait se couper un bras plutôt que de supporter une félonie. Elle remit son violon dans son sac. Bal fini !

Ce souvenir d'un temps heureux ne t'apporte aucun réconfort. *Aurore ne joue plus.* Elle a enjambé les barrières du pitt.

Seul avec tes cigarettes. Seul à ronger ton frein. Seul à grignoter ton angoisse. Seul à te poser dix mille questions sur son comportement. Elle n'en a jamais assez, ne semble jamais rassasiée ! Il lui faut en permanence se sentir collée à Mélodie, respirer l'air de Mélodie, se gaver de Mélodie. Tu n'y comprends rien. Comment a-t-elle pu s'engouffrer dans une pareille idolâtrie ? S'agit-il d'ailleurs d'idolâtrie ? C'est quelque chose d'indéfinissable. Tu sens qu'elle trouve auprès de Mélodie une sorte d'oxygène dont les molécules sont euphorisantes. Capturée par l'ivresse du plongeur de fond, elle refuse de remonter à la surface. Tu as honte de la voir asservie. Elle si fière ! D'où sort cette clocharde de l'amour ? Cette droguée ! Elle a perdu la raison ! Sa tête voyage dans une autre planète.

C'est la tienne qui s'en va ! Elle fout le camp, ta tête ! Ouais ! Tu n'arrives plus à dormir, ti-mâle, à te concentrer, à réagir. Une mauvaise qualité de douleur envahit ton corps, oui ! Ton cerveau durcit comme une roche. Il se fend. Trente-deux mille clous perforent ton crâne. Tout fout le camp ! Redresse-toi, ti-mâle ! Reprends ton debout ! Sonné ! Tu es sonné ! Tu continues à gesticuler sur le ring sans maîtriser ni tes mouvements, ni tes pensées. Tu pisses le sang et ressembles à un grand brûlé que le moindre souffle d'air décale. Une plaie, voilà ce que tu es devenu.

Une voix te dit : « Fous le camp ! Va-t'en ! Va faire tes affaires ! Tu n'as pas ta place ici ! » Une autre voix te conseille d'amarrer tes reins, d'endurer et de rester. L'homme à terre n'est pas mort. Alors, tu continues. Tu ne largues rien du tout. Tu décides de tenir bon. La mer est méchante, mais il faut t'accrocher. Il faut traverser. Pour aller où ? Tu ne sais pas. Tu dois continuer, avoir le compte de ton cœur.

De plus en plus, Mélodie et Aurore se comportent comme si tu avais légitimé leur passion. Elles s'assoient toujours l'une à côté de l'autre. Elles se baignent ensemble durant de longues heures. Elles s'allongent dans le lit. Elles se frôlent. Elles se touchent et leurs yeux se perdent dans des aveux silencieux. Tu n'oublieras jamais ces yeux doux-là ! Il y a quelque chose que tu ne comprends pas. La sexualité n'est pas au centre de leur rapport ! Tout se passe comme si elles faisaient l'amour tout le temps, *sans passer par le sexe !* Leurs yeux ont un sexe. Leur visage a un sexe. Leurs mots ont un sexe. Leur sexe a un autre sexe, plus subtil, plus sensible, plus secret. Tout cela distille un plaisir, une jouissance d'un autre ordre. Ton véritable ennemi est invisible. *Elles s'aiment dans leur tête* et cela seul compte pour elles. C'est cela qui te déroute. Dans leur tête ! Cet amour-là est plus puissant parce qu'il transcende le corps et toutes ses huiles. Elles ont construit une cathédrale avec des matériaux précieux et l'ont plantée là : dans leur tête. De savoir qu'elles s'aiment fait vivre leur amour. Et si elles sont toujours ensemble, ce n'est pas pour faire l'amour mais pour habiter leur cathédrale.

Tes joues se creusent. Ton torse s'affaisse. Ta taille se cintre. Aurore aussi fond. En la touchant certains soirs, tu ne trouves que l'ombre de ses fesses. Elle se vampirise. Elle flotte dans son corps comme ces drogués-ficelles que l'on croise, hagards, au coin des rues. Où est passée Aurore ? Mon Dieu Seigneur !

« Rigueur et droiture » aurait pu être sa devise. Du plus loin que tu puisses remonter, elle aimait mettre le monde en ordre, le discipliner. « Oui, ma générale ! » Avec elle, une parole c'était une parole. Tu l'entendais tempêter parce qu'elle n'admettait pas la moindre entorse à la parole donnée. C'est toi qui conduis la voiture, ce n'est pas la voiture qui te conduit ! J'aurais pu entendre qu'il y a un accident sur la route et je ne me serais pas inquiétée *puisque tu m'avais dit que...* Elle ne comprenait pas. Elle ne rentrait pas en vitesse. *Ce n'était pas ce qui était convenu !* Elle plongeait dans une bouderie épaisse et compacte.

Le dimanche matin, tu aimais rendre visite à tes amis. Vers 11 heures, Aurore téléphonait. Appel agacé. À midi, elle rappelait, et sa voix fendait le téléphone. « Nous sommes un couple ! Cela impose des règles ! Il y a une heure pour rentrer chez soi ! » Et s'il t'arrivait, emporté par la chaleur d'un causer, de t'éterniser jusqu'à 13 heures, alors tu déclenchais un déluge de reproches où surnageaient les mots de manque de rigueur et de mépris.

Le couple était l'alpha et l'oméga de votre vie. Hostie consacrée ! Il t'arrivait parfois, chez des amis, de solliciter un arbitrage, de lancer un « Aurore ne comprend pas que... » Elle s'enfermait dans un silence opaque, gorge sèche, langue nouée, regard noyé. Une fois rentrée, elle fulminait. « Tu dérespectes le contrat... Tu dois te montrer solidaire... Nos affaires ne regardent personne... C'est comme si tu m'avais déshabillée devant tout le monde… Je n'aime pas qu'on parle de moi… » Ses muscles se crispaient, sa bouche se tordait, sa voix hachait et coupait.

Au nom du couple, il était impossible de rester trop longtemps dans une fête. Passée une certaine heure, elle te lançait des signaux de détresse, et plus tu traînais, plus sa rage augmentait. Si bien que la plupart de vos sorties se terminaient mal.

Où est passée Aurore ?

Se tenait.

Marchait droite.

Regardait ferme et fixe.

Parlait peu en société.

Prenait tout au sérieux.

Elle vivait en vigilance. Il fallait l'apprivoiser. Alors, mise en confiance, elle sortait le clairon de son rire et se montrait taquine et espiègle. Elle aurait passé haut la main le concours de la femme fiable, responsable, et forte de caractère. Elle exigeait beaucoup d'elle, de toi, de vous et, assez curieusement, demandait peu à la vie.

Tu la revois encore…

Tenait les comptes avec une patience de moine copiste.

Passait tout en revue.

Pestait contre la moindre erreur.

Ne passait sur rien.

S'emportait contre ceux qui ne respectent pas le code de la route, l'environnement, le droit. Tu t'en amusais parfois. « Tu n'es pas gendarme, ma fille ! »

Elle tenait son cœur. Bridait l'expression de tes émotions. Il t'a fallu beaucoup de temps pour déchiffrer, sur le masque figé de son visage, la trace de ses émotions. C'était pourtant une grande émotive. Ses rires ouvraient les vannes du beau temps. Ses colères grimpaient haut. Cependant, le plus souvent, elle cachait ses états d'âme comme une affaire honteuse qui ne regardait qu'elle. Elle préférait être décodée, devinée, comprise, sans paroles inutiles, plutôt que de se livrer. À cause de cela, ses attentes se trouvaient souvent déçues. Ne les ayant pas formulées, elles n'étaient pas prises en charge au bon moment. Elle en déduisait qu'ON ne lui accordait pas l'attention qu'elle méritait.

Elle tenait son cœur en laisse courte.

Jamais un « je t'aime ».

Jamais un geste de tendresse.

Ne passait pas la main dans mes cheveux.

Pas de baiser volé.

Pas de s'asseoir sur mes genoux.

Au lit, elle serait morte de soif plutôt que de demander un verre d'amour. Elle se prêtait. Se donnait. N'attaquait jamais. Considérant que ce sont des manières de Blanc ! Considérant que c'est bon pour faire du cinéma ! Considérant que ce n'était pas l'amour créole ! Tu te demandais alors *où était ce foutu amour créole* ? Vous étiez les enfants de cette génération de parents constipés qui ne montraient rien. À se demander comment ils avaient pu mettre au monde leur marmaille. C'est vrai que vous n'étiez pas des Blancs. Alors, que faire ? Toi, tu voulais inventer votre amour, lui donner une chance de fleurir. Elle te répondait :

— Je suis comme je suis. Ce n'est pas parce que je suis comme ça que je ne t'aime pas. Il y a des femmes dégoulinantes de chatteries qui trompent leur mari tous les jours ! Je n'aime pas faire du cinéma !

Elle tenait son sexe. Pas deux jours de suite ! La nuit, c'est fait pour dormir ! Pas... Pourtant, elle ne refusait pas, dans ses bons jours, de découvrir, d'expérimenter, de jouer. Pour cela, il fallait qu'elle soit en état de plénitude et que sa petite chapelle soit en ordre. Trop fière pour accepter une défaillance, elle coulait dans le plaisir comme un navire éperonné et s'empressait d'effacer les traces du naufrage.

Elle éprouvait pour un rien un sentiment d'humiliation. Elle boudait, le temps de recoller sa porcelaine, et puis elle repartait à l'assaut avec la volonté de contrôler tous les rouages de son existence.

Tes excès me font peur !

Trop de cigarettes ! Trop d'alcool !

Trop de dépenses inutiles ! Trop !

Ne pas déranger la mécanique bien huilée de son fonctionnement.

Trop !

Elle te bordait.

Construisait des digues.

T'encadrait.

Peignait des lignes jaunes.

Sortait des cartons rouges.

Finissait par te tenir, toi aussi.

Respecter l'heure !

Respecter la parole.

Respecter le couple !

En ce temps-là, qui te semble un temps-longtemps, tu lui disais souvent :

« Petite fille, la vie est courte. Tu es trop sérieuse pour ton âge. Lâche ton frein à main ! Lorsque viendra le moment, tu dois pouvoir bercer ton vieux corps en te disant que tu as vécu ta vie ! »

Un indéfinissable sourire montait à ses lèvres. Elle demeurait silencieuse et ne changeait rien à sa manière de vivre.

Travail !

Discipline !

Rigueur !

Planification !

Effort !

Sacrifice !

Il t'arrivait de ne pas pouvoir tenir et tu t'embarquais dans des virées qui la laissaient désemparée et déçue. *Tu n'as pas pensé à moi ! Tu oublies tout quand tu es dehors ! Tu...*

Tout lui paraissait trop.

Trop compliqué !

Trop coûteux !

Trop osé !

Elle n'aimait pas la mer et ne s'y aventurait que pour te faire plaisir, du bout du maillot et de la pointe du gros orteil. Elle ne manifestait aucun intérêt pour les boîtes de nuit, et lorsqu'il vous arrivait d'y aller, elle semblait toujours impatiente de retrouver son lit. Malgré tes sollicitations, elle s'enfermait dans un monde d'obligations. Les impôts, la machine à laver...

Pourtant, la vie n'était pas pesante à ses côtés. Vous grimpiez sur le dos des mornes. Vous marchiez dans les bois. Vous vous sentiez unis, solidaires, amoureux. C'était un an avant. C'était à des années-lumière. Au temps où le diable marchait encore en culottes courtes. Vous aviez déniché un trou d'eau chaude. Vous aviez l'habitude de vous y baigner nus en regardant le lever du jour. Juste quelques mots. La contemplation.

Sérieuse, Aurore n'était pas austère. Elle cassait de bon cœur des morceaux de rires. Elle mettait un brin d'humour par-ci, une pointe d'ironie par-là, si bien que votre vie reposait sur une foi inébranlable en votre couple. C'était votre credo. La confiance régnait et l'amour vous bénissait.

Tu y croyais. Vous aviez tant de nuits à venir pour vous prouver que vous étiez vivants.

13

Aurore se défait maille après maille. Elle te fait penser à ces mutants que l'on voit dans les films de science-fiction.

Au diable le couple !

Faire la sieste avec Mélodie. Dormir avec Mélodie. Vivre avec Mélodie. Mélodie remplace tout, remplit tout. Plus question d'heure pour rentrer ! Seule compte l'heure de partir. Elle ne contrôle plus son impatience. Elle trépigne. « Mélodie m'attend ! Tu sais bien que je n'aime pas faire attendre les gens ! »

Une fois, vous vous croisez. Elle va à la plage. Elle lance à l'ami qui t'accompagne : « Il a pensé qu'il me trouverait à la maison ! *Ce temps-là est fini !* » Et elle s'est enveloppée dans la vapeur chaude de son rire. Tu l'entends encore, ce rire de corde démarrée. Cocktail de gêne, de défi, d'insouciance et de joie pure. Ta surprise l'amuse. La rigueur a roulé dans le caniveau. Elle ne tient plus les comptes. Elle entasse les factures. Elle dépense avec frénésie. « J'ai trouvé un petit haut pas cher ! J'ai acheté des chaussures en solde. Tu te rends compte, deux pantalons pour le prix d'un ! On m'a fait un prix sur le maillot. » Des culottes Tanga. Des soutiens sans bretelles. Elle achète tous les jours, et dans cette folle cavale le budget explose. Elle se moque de tes alarmes. Le dépassement est fait pour ça ! Ce n'est pas grave ! Rien n'est grave. Tu entends le raclement du fond. Ce n'est pas grave. Elle fume. Elle boit. Elle danse. Elle se montre nue. Elle monte. Elle descend. Elle s'envole. Ce n'est pas grave ! Devant tant de légèreté, tu serres les dents, les poings, le cœur et tu fais avec. Avec un glissement de terrain, une éruption, un raz-de-marée. Tu décides de surfer sur le désastre. Bouchon, tu flottes. Planche, tu glisses. Encordé, tu suis. Jusqu'où ?

Tu es là, ébréché, écharpé, là quand même. La maison de Mélodie demeure votre Club Med et votre point de ralliement. Tu restes en marge, à côté, derrière, mais toujours là. Tout s'emballe. Mélodie soupire : on ne contrôle plus rien ! Aurore se tait. « Je ne suis pas si forte que ça », avoue-t-elle à Valérie.

Un soir, tu vois Aurore de l'autre côté de la piscine, recroquevillée dans les bras de Mélodie. Elles ne s'embrassent pas. Elles ne se parlent pas. Elle est tout simplement blottie comme un bébé sur le ventre de sa mère. Il y a, entre elles, une telle harmonie que, stupéfait, tu n'oses pas les déranger. Longtemps, elles sont restées comme cela, silencieuses, serrées l'une contre l'autre. Dans la noirceur, il ne reste que leur silhouette d'ombres chinoises. Cette vision te bouleverse au point de te paralyser. Tu apprendras, beaucoup plus tard, qu'en réalité Aurore pleurait et que Mélodie s'efforçait de la consoler. Pourquoi pleurait-elle ? Tu ne le sauras jamais. Sans doute se sentait-elle broyée par l'engrenage.

Quand tes nerfs craquent, tu prends ta voiture et tu roules pendant des heures et des heures. Sans but. Tu erres. Tu te vides ou tu repasses le film des événements. À quel moment as-tu fauté ? Qu'est-ce qui a bien pu casser le fil ? Pourquoi cela t'arrive-t-il à toi ? Comment une femme si calme peut-elle disjoncter à ce point ? Comment ? Quand ? Pourquoi ? Tu as beau t'interroger, tu ne trouves pas une crasse de réponse. Ahak ! Rien ! La voiture déplace ton corps. Tu es en charpie, dévissé de partout. Zombie roulant. Chien sans maître. Autant dire une agonie montée sur quatre roues. Fais attention ti-mâle, la chaudière va péter ! Les questions vont et viennent, ballet de moustiques au bord d'une eau croupie. Tu passes et tu repasses le film. Arrêt sur image. Flash-back. Travelling. Gros plan. Plongée. Contre-plongée. Fondu-enchaîné. Toutes sortes de plans défilent sans fournir une écrasure d'explication. Tu réécoutes la bande-son. Peut-être qu'un mot, une phrase ou une tirade t'avait échappé ! Tu roules, exsangue, interbolisé, avec des yeux humides.

Petits mondes et grands mondes, lorsqu'une grattelle rabote votre peau, lorsque vos os trompettent la misère, lorsque votre cœur cadence des toumblaks déchirés, lorsque votre cerveau prend la vole, la terre ne paraît pas assez solide pour supporter le poids de votre déveine. Vous demandez pardon au Bon Dieu. Vous lorgnez vers la mort comme une putain en chasse. Il n'y a pas de trou à crabes pour cacher votre débattre. Tout pourrit à l'intérieur et envoie monter des bacchanales de pensées noires et des tourments pas possibles. C'est l'enfer !

Ce temps-là est fini ! Tu es sous la véranda. Aurore partie depuis un siècle. Tu l'attends. Tu ne l'attends pas. Tu l'attends et tu ne l'attends pas. La vie est sans sel ni poivre, sans bois d'Inde ni piment. Une glu te colle à la peau. Tu te débats. Tu ne peux rien faire. Tu es là. Tu absorbes le temps comme un médicament. Il te traverse et va faire son chemin. Le temps n'a pas de commission pour toi. Ton cerveau, empesé, ne s'agrippe à rien. Tes yeux sont deux pierres mortes. Ton énergie a disparu. Tu n'es pas bien debout. Tu n'arrives pas à rester assis. Couché, c'est plus mal encore. Brûlé au dehors. Brûlé en dedans. Tu es le gardien de ta souffrance. Tu es là, tout petit, pelure d'oignon, caca chien ! Tu fumes. Les cigarettes s'entassent, les heures aussi.

Interdire ? Tu n'as pas la force d'interdire. Au nom de la Liberté, des Droits de la femme et de la citoyenne, de Mai 68, de la fête des Mères, de la Journée mondiale de la femme, etc.

Tu écoutes une chanson d'Esnard Boisdur, « Fanm a zanmi ». Il y a peut-être une clé. La femme parle de son amour pour son amie. Elle dit que rien ne pourra les séparer. Elle dit que son mari, c'est son amie. L'homme à qui elle s'adresse ne te ressemble pas. Toi, tu n'as jamais délaissé personne. Tu ne passes pas de temps en temps. Tu ne fais pas un simple carré auprès d'Aurore. Tu lui as donné ta vie. Toute ta vie ! La femme explique que le magma monte quand ELLE s'agenouille devant ses seins. Que la maison tangue et que le voisinage est dérangé par leurs cris. Tu écoutes... Tu réécoutes... Tu essaies de deviner ce que dirait Aurore si elle venait à s'expliquer.

Aurore n'explique pas ! Elle agit !

Elle se réveille et sa première pensée va vers Mélodie. Elle respire, et son premier souffle, c'est pour Mélodie. Elle conduit pour se rendre chez Mélodie, pour se promener avec Mélodie, pour revenir de chez Mélodie. Elle connaît tout de Mélodie. Les moindres recoins. Les moindres traces. Elle n'explique pas. Elle téléphone. Elle envoie des messages. Elle rappelle. Elle se prépare. Prend ses clés. Disparaît. Elle maigrit. S'irrite, s'emporte et feint de ne pas comprendre le sens de tes regards, de tes silences, de tes yeux qui s'enfoncent chaque jour, de tes mots qui se meurent, de tes insomnies qui enjambent des migraines. Le médecin a dit : *dépression nerveuse !*

Elle minimise tout.

« On a le droit d'avoir une amie ! »

« J'aurais pu faire la sieste avec ma sœur ! »

« Pourquoi comptes-tu les heures ? »

« Tu n'as qu'à travailler au lieu de fumer ! »

Elle met tant de sincérité et de désinvolture dans sa mauvaise foi que tu te demandes si elle a toute sa tête. Elle verrouille toutes ses portes, toutes ses fenêtres. Elle a toujours raison. Elle ergote. Chipote. Litote. N'explique rien !

« Il n'y a rien à comprendre ! »

Comme tu ne comprends pas qu'il n'y a rien à comprendre, tu perds la boule. Tu roules de nuit blanche en nuit blanche. Tu croules sous le poids de l'angoisse et tu coules à pic... Une gamme de misère ! Une symphonie de mal-tête ! Malgré ça !

De plus en plus, tu pètes les plombs.

Tu sens monter les premières vagues de l'irritation. Tu te sens ridicule à avoir faim, à te trouver là, tandis qu'elles nagent dans leur bulle. De temps à autre, elles jettent un « tu as faim ? », sans conviction. Tu réponds que non.

— Non, je n'ai pas faim !

En fait, vu l'heure, tu attends qu'elles sortent de l'eau et s'aperçoivent que les autres existent. Que nenni ! Elles s'ébaudissent ! Batifolent. Folâtrent. Badinent. Tu profites d'une vague allusion au vin pour proposer d'aller en chercher. Tu veux fuir ! Évacuer cette honte qui te souille. Tu démarres en trombe en risquant de te pulvériser contre un arbre. Tant pis ! Tu te défoules sur l'accélérateur. Tu allonges ton parcours. Les pneus font des dièses. Ils miaulent. Lorsque tu arrives enfin chez toi, Aurore est là qui t'attend.

Pourquoi t'es-tu mis en colère ? Il n'y a aucune raison de… ON t'a demandé si tu avais faim. C'est pour toi que Mélodie a préparé ce repas. Depuis hier, ON s'est dit que tu aimes la viande… On veut te faire plaisir et voilà comment tu réagis ! Tu secoues la poussière de ta colère et tu consens à revenir. C'est ce que tu ressens qui te gêne. Un os t'étrangle. Plus rien ne va !

Aurore se pare comme une princesse.

Elle est sapée la meuf ! À mort !
Plus maquillée que ça, y a pas !
Bijoutée au kilo !
Parfumée chic et cher !
Elle est d'enfer !
Ce soir, elle est de sortie.

A mis un truc vert pomme.
Un genre de truc sexy.
Un truc vert et sexy.
Ce soir, elle est de sortie.
Ses lèvres sont assorties
Aux couleurs du bonheur.
Et ce qu'elle laisse béton
C'est ta peur ! C'est ta peur !

Elles ont rendez-vous pour dîner au restaurant. Tu la regardes partir, le cœur serré. *Ce temps-là est fini !* Tu ne te souviens pas de l'avoir vue aussi émoustillée. On dirait un multipliant tellement la vie déborde de partout. C'est un brasier qui marche. Un feu de roses. Une femme ! Radieuse, adulée par un dieu caché. Sa beauté est une violence... Ton imagination la transforme en reine de Saba escortée de paons bleus et de tambours inlassables. De la voir partir avec tant d'atours et d'insolence t'enfonce dans ta solitude.

Après son départ, tu te glisses derrière le volant de ta voiture. Tu mets la musique à fond et tu roules. Tu as calculé le temps qui s'écoulera avant son retour. ON va sans doute passer deux heures au restaurant. ON prendra une heure de rab avant de se quitter. Cela te ramène à minuit. Elle est partie à 21 heures. Il te reste trois heures pour rouler ton chagrin. Il te faut brûler trois heures !

Vers 22 heures, elle t'appelle pour te convier à les rejoindre. Sans doute une idée de Mélodie. De plus en plus, elle ne supporte pas de te voir malheureux.

Tu t'installes, content de ne pas être écarté et vaguement mal à l'aise. Au fur et à mesure que se déroule le repas, ton malaise s'amplifie. *Tout se passe comme si tu n'étais pas là !* Aurore ne s'adresse qu'à Mélodie, même si de temps à autre elle te lance un mot pour t'associer à la conversation. « Hein, Jérôme ? » « Demande à Jérôme ! » « Je te jure, Jérôme était là, ce jour-là ! » Pour la première fois, tu éprouves le sentiment d'être un étranger parmi elles. La situation te saute aux yeux. Tu es un invité. Pire, un additif ! Tu subis leur duo et te mords les doigts d'avoir accepté leur invitation. Mais qu'est-ce que tu fous là ?

Mélodie est très à l'aise, très en forme. Elle ne perçoit pas ton trouble. Pour elle, tout est normal puisque tu es présent. Au lieu d'atténuer ton mal-être, elle l'a aggravé. La morphine demeure sans effet. C'est insupportable ! Aurore, en verve, rit triomphalement. Elle rayonne. Elle flamboie. Alléluia !

Le repas est terminé. De façon incongrue, tu t'attends à ce qu'Aurore monte dans ta voiture. Cette idée ne l'a même pas effleurée. Sans hésiter, souveraine, elle ouvre la portière de Mélodie. Tu te diriges seul vers ta voiture. Ton cœur est lourd. Tes pas sont pesants. Quelque chose n'est pas à sa place ! Aurore n'est pas à sa place ! Le siège est vide ! Ce constat vrille ton cerveau. Tu mesures à quel point votre couple est dessoudé. Pour oublier ta misère, tu décides de ne pas rentrer tout de suite. Tandis que tu roules, Aurore t'appelle. Elle t'apprend qu'ON va faire de l'essence car le bac de Mélodie est vide et que demain elle n'aura pas le temps. Blablabla ! Nouvel appel, un quart d'heure après. On change de station car la queue est trop longue. Une grève est annoncée. Blablabla !

Ce ON, tu le reçois comme une gifle. ON c'est elles. Solidaires, enlianées, indissociables. « ON » te fait l'effet d'un poison. Un seul coup de grisou te fait exploser. Tu fais demi-tour. Tu reviens. Buffle blessé ! Rhinocéros ! Attention, tu charges. C'est un missile que tu pilotes. Là, tu vas larguer ta bombe. Ta décision est prise : TU VAS LA FOUTRE À LA PORTE ! Elle va rester avec ON ! Trop dur ! Trop raide ! Puisqu'elle est si bien avec ON…

Tu arrives devant la maison. Tel un somnambule, tu ouvres l'armoire et tu décroches tous ses vêtements.

Les petits hauts de merde !

Les jupes cache-cocotte !

Les culottes sexy !

Les corsages transparents !

Les robes moulantes !

Les pantalons à fesses mâtées !

Les jupes fendues !

Les strings !

Tu entasses toutes ces couillonnades et tu vas les jeter chez Mélodie. Tu retournes pour vider une seconde armoire. À ce moment précis, Aurore débarque. Elle se rue sur toi. Elle t'étreint avec la force du désespoir. Te demande d'arrêter ton cirque ! Il y a tant de détresse dans ses gestes, tant de tristesse dans sa voix que, touché, tu reviens à toi. Tu l'écoutes sans mot dire. Tu la regardes longuement et essaies de croire en elle. Tu devrais lui imposer un ultimatum. Ce n'est pas ce que tu veux. Tu voudrais qu'elle revienne d'elle-même, qu'elle reprenne sa place et te redonne la tienne. Dans la nuit, sous les yeux des étoiles, vous allez ensemble récupérer les vêtements. Aurore murmure, se parlant avec une sorte de pitié : « Voilà où est ma vie ! Mon linge traîne par terre ! » Tu devines ce qu'elle ne dit pas. « Ce n'est pas ma faute ! Je n'y suis pour rien ! » Mélodie lui a ouvert les portes d'un monde trop excitant, trop grisant, trop sublime !

Elle aimerait que tu t'effaces sans partir.

Elle veut vivre cette autre vie dans laquelle elle est tombée. Le plus beau cadeau de ses quarante ans !

Elle aimerait que tu l'aimes suffisamment pour reconnaître cet amour dont même les larmes sont sucrées.

Elle aimerait que tu sois assez grand pour accueillir, dans la corbeille de vos années, la fleur imprévue de cet amour-là.

Elle aimerait que tu comprennes qu'elle est une blessure calcinée. Un carême qui écrase les herbes dans les frissons d'un soleil qui met bas.

Elle aimerait que tu comprennes que son ventre est trop faible pour porter tant d'amour et qu'elle a besoin du soutien de tes mains crucifiées.

Elle aimerait, au-dessus du sacre et du massacre, ta statue bienveillante pour croire que vous pouvez survivre aux sanglots du temps.

Elle aimerait ton investiture et, même si elle ne le demande pas ouvertement, ton consentement.

Elle aimerait que tes membres défenestrés soient plus forts. Plus forts pour la protéger sans l'écraser. Après tout, c'est toi qui lui as dit : « Desserre ton frein à main, ma fille ! » Tu te souviens ?

Elle aimerait que tu mettes de l'huile sur sa déchirure.

Elle aimerait que tu accompagnes son émerveille avec le silence de ton cœur.

Elle aimerait que tu la consoles d'aimer une autre et que ce soit ce sacrifice-là qui scelle votre union.

Regarde-la, elle saigne !

Elle aimerait...

Tu ne peux pas. Tu essaies, mais tu ne peux pas. Tu ne peux pas lui offrir un pareil enterrement de toi-même, et de tout ce que vous avez fait de vous. Tu ne peux pas et tu lances de furieuses ruades pour désarçonner la malemort. Tu ne veux pas te faire hara-kiri. Le sabre est trop lourd, trop trempé de désirs. La lame est trop brûlante et tes entrailles ont peur.

Elle aimerait, mais...

Même si tu comprends tout cela, tu es un marin d'eau douce et les plis du malheur sont trop profonds.

Tu es un enfant qui cherche l'argile de son corps pour te rassurer.

Tu as trop cru dans son calendrier pour croire que le temps peut s'arrêter. Tu ne veux pas être, à la fois, l'arbre et le fruit qui choit.

Si tu roules dans le tunnel des nuits, c'est en priant pour que revienne l'aurore.

Qu'elle ne te réponde pas que les dieux sont inutiles car, toi aussi, tu deviendras inutile.

Tu ne peux pas... Même si un morceau de toi comprend... Médecin, là, dit : *dépression nerveuse !*

14

Tu appelles au secours... Tu perds pied... Tu as perdu la main... Tu as tout perdu... Tu marches dans la mangrove. L'eau est lourde de puanteurs. Dans la vase molle et grasse, ta détresse se décompose. Tu marches aussi sur des plaques chauffées à blanc. Tu marches enfin dans un désert. Tes cabris mangent des tôles !

Comment est-ce possible ? Elle décale tes jours et tes nuits. Elle boit la moelle de tes os. Elle fend tes quartiers. Bourrelle ! Elle vit sa vie. Elle allume ses fourneaux. Elle savoure son festin. Elle joue son va-tout. Le cœur, ce n'est pas fait pour les chiens !

Alors, tu appelles au secours. Tu rameutes Dieu et diable. Tu invoques les morts. Tu implores les divinités. *Femme-là, possédée !* An moué ! À moi ! Tu n'as jamais vu ça !

Tu appelles les quatre points cardinaux. Montrez-moi le chemin ! Tu appelles...

Tu appelles Marie-Ange. Tu la sens inquiète, nerveuse et pour tout dire affolée. Tout comme toi, elle a été larguée !

Aurore l'avait rencontrée dans un cocktail un peu ennuyeux. Tu étais en voyage. Marie-Ange avait sorti le grand jeu. Elles avaient un peu bu et elle lui avait demandé de l'héberger en prétextant qu'elle n'était pas en état de conduire. Lorsque Marie-Ange vola sur elle, elle comprit ses véritables intentions. Elle s'abandonna, déjà excitée par les allusions coquines, les appels voilés et l'ineffable sentiment de se faire courtiser *par une femme* ! C'était la première fois ! Pour la première fois, elle pouvait prendre la décision, se sentir responsable de son choix. Elle avait plus ou moins subi Elsa. Elle avait accepté, puis adopté Félicité. Là, elle prenait la liberté de jouer. Marie-Ange avait cru la brusquer, mais elle avait décidé en acceptant de l'emmener chez elle en pleine nuit. Nuit torride où, entre larmes, sueur, rires, râles, elles firent fondre toute leur cire. Marie-Ange s'était liquéfiée ! Femme-Niagara !

Le reste fut affaire de routine et tu soupçonnes Marie-Ange d'avoir davantage aimé Aurore que les précédentes. Elles vivaient une vraie complicité de femmes. Le sexe, entre elles, n'était qu'un piment, un courant de liberté, et non pas l'affaire de leur vie respective. Par contre, leur amitié était profonde, mûre, stable, pareille à celle de vieux copains de régiment. Elles se reconnaissaient l'une dans l'autre, comme si elles s'étaient retrouvées après s'être perdues de vue. Marie-Ange souffrante, Aurore accourait vitement. Elles ne se cachaient rien. Marie-Ange, un brin plus amoureuse, manifestait parfois des signes de jalousie qui remplissaient Aurore d'orgueil et de malice. Pour toi, Marie-Ange faisait partie de la famille.

Il lui arrivait, prise d'un caprice inexplicable, de te désirer. Elle se rassasiait, puis, redevenue elle-même, elle semblait avoir tout oublié. Tu t'étonnais alors de tant de fougue et d'imprévisibilité derrière un masque de femme rangée et équilibrée. Mis à part son sourire rusé, son visage paraissait toujours en veilleuse, presque inexpressif, alors qu'il suffisait de très peu pour l'émouvoir. Elle s'éloigna un temps, puis revint sans jamais reprendre sa place d'autrefois. Aurore lui reprochait de ne faire aucun effort et, petit à petit, la distance se creusa malgré quelques visites inopinées. La confiance demeura mais les corps s'étaient désaimantés.

— Tu sais, Jérôme, c'est grave ! Aurore est venue me voir à mon travail. Elle m'a avoué qu'elle avait une nouvelle copine et qu'elle était très, très, très amoureuse. Pour elle, sa vie a pris une autre dimension. Elle est sur un nuage. J'ai essayé de lui parler. Elle ne veut rien entendre. Tout ce qu'elle voulait, c'était me raconter combien elle l'aime. Je lui ai demandé : « Et Jérôme dans tout ça ? » Elle m'a répondu en faisant un geste de chasse-mouches. Cela signifiait que tu ne comptais plus. C'est la fille ! La fille ! Elle est jalouse, exclusive. Elle ne veut pas qu'Aurore fréquente personne d'autre qu'elle. Même moi ! Pouh ! Aurore est emportée ! Emportée même, oui ! Pouh ! Elle m'a dit que si elle vivait dans un grand pays, elle t'aurait quitté pour vivre avec elle ! Pouh ! Il faut faire quelque chose, Jérôme ! C'est grave même ! Je n'ai jamais connu Aurore comme ça !

Marie-Ange est paniquée. Elle a parlé d'une voix fêlée par la peur, presque chevrotante. Elle a reniflé le magma et ses narines ont pris une mauvaise odeur de soufre.

À l'autre bout du fil, une seule phrase explose dans tes oreilles : « Si elle vivait dans un grand pays, elle t'aurait quitté pour vivre avec elle ! » Une boule de poison foudroyant, cette phrase ! Une guillotine ! Ton cerveau s'emballe comme un flipper déglingué. Tes tempes battent. Tu sens ton corps prêt à se vider. Cette phrase t'a saigné à mort ! La pièce te semble trop petite. Ce n'est plus un bureau, c'est un cercueil ! Tu étouffes... Tu vas aux toilettes et tu vomis, tu vomis, tu vomis... Tu te laves le visage. Tes mains tremblent. Tes jambes sont faibles. Saloperies de jambes ! Ton corps se fissure. Dans ces moments, où le clou d'une révélation pénètre brutalement dans ton crâne, le cerveau et le corps se dissocient. L'un se transforme en matière gazeuse comprimée à l'extrême, l'autre assume un morceau de souffrir. Il pèse des mégatonnes, et de chaque tonne fusent des milliers de questions. Vouloir te quitter pour vivre avec Mélodie ! L'idée se répète, se démultiplie, s'amplifie et répand en toi le venin de l'inimaginable...

Même dans tes pires cauchemars, tu n'aurais jamais imaginé une Aurore pour laquelle tu ne compterais plus ! Ton monde est soudainement devenu creux. Cette phrase résonne en toi comme une oraison funèbre, comme la dernière pelleté de terre que jette le fossoyeur. Ton monde s'est couvert de mouches. Ton monde a le ventre gonflé des cadavres abandonnés au bord de la route. Il fait froid, et même les mots d'avant se couvrent de moisissure. Un immense deuil a fermé les yeux du monde. Les rivières, asséchées, ont perdu la mémoire de l'eau et le chant de l'ombre. Le monde a posé les paumes de ses mains sur ta tête en signe de désespoir. Et dans le silence où s'est enfermé le monde, retentit l'écho de cette phrase : « Si j'habitais un grand pays, j'aurais quitté Jérôme pour vivre avec elle ! »

Elle a plongé le coutelas jusqu'à la garde ! C'est un meurtre sans cadavre ! Elle veut assassiner votre rencontre ! Elle veut assassiner votre combat ! Elle te tue ! Chaque cochon a son samedi, dit la parole. Tu cries au secours, sainte Bouleverse ! Au secours, Papa Legba ! Au secours ! Criminelle ! Bourrelle !

Tu étais mort depuis longtemps. Tu l'ignorais. Ces obsèques-là se font sans faire-part. Tu ressembles désormais à un vivant, mais tu es éviscéré. Vous partez le matin au travail. Vous mangez ensemble le midi. Vous dormez ensemble le soir. Tu déposes dans le lit tes cendres funéraires. Présentement, tu as fait ton temps et ton temps a quitté le temps…

Tu appelles Elsa. Elle t'écoute et te rapporte d'étranges propos. L'affaire est dans la rue !

« Si cette femme est ton amie, dis-lui de se calmer ! »

La parole est tombée de la bouche d'un homme avec lequel, à ta connaissance, Aurore n'a aucun lien particulier. Se calmer ! Il a dit : « Se calmer ! » Tourmenté, tu débarques dans le bureau du monsieur.

— Aurore est venue me voir, effectivement. Elle avait besoin de se confier. Elle m'a parlé de vous, de votre vie privée, de vos jeux et de sa volonté de vivre quelque chose de fort. Ne vous inquiétez pas ! Ce n'est pas avec un homme !

C'est avec une femme ! En partant, elle m'a dit : « Pendant des années, je me suis battue pour épouser cet homme, et maintenant qu'il me le demande, je ne suis pas disponible ! » Cependant, elle a beaucoup d'estime pour vous... Je n'ai jamais vu une femme estimer un homme à ce point.

Qu'est-ce que tu en as à foutre que ce soit avec une femme ou un homme ? Ce qui te fait mal, si mal, c'est qu'elle soit amoureuse comme une déjantée ! Et son estime, dans un pareil contexte, ne vaut pas une gourde haïtienne !

ELLE N'EST PAS DISPONIBLE !

Tu n'arrives pas à concevoir qu'Aurore ait pu prendre sa voiture et se rendre dans le bureau d'un homme pour lui livrer le fond de son cœur. Vous vous disiez tout ! Tu te sens indigné, humilié ! Tu croyais en sa loyauté. Désastre ! Sous le choc, une batterie de questions fend l'écale de ta tête. Qui est cet homme ? Quelle relation exacte Aurore entretient avec lui ? Pourquoi l'avoir choisi, lui, comme confident ? Quel sordide secret vas-tu encore découvrir ?

À l'écouter, Mélodie était *une amie*, sa *seule* amie ! Tu patauges dans un monde dégueulasse ! Lorsque l'espérance devient sale, il descend du ciel une puanteur infernale... Votre vie privée, vos fesses, vos sexes étalés par Aurore ? L'aveu, soigneusement caché, livré à ce monsieur ? À qui d'autre ? Pour cracher quoi ?

Dans tous les cas, cette affaire te renvoie à ton néant. Il arrive qu'un chauffeur, dont le passager a débarqué depuis longtemps, continue à converser avec un fantôme...

Aurore habite une autre rive d'où tu crois encore l'apercevoir, et lorsque tu tends les mains, elles ne ramènent qu'un mirage. En première mondiale, Aurore a tourné déloyale ! Toute l'amertume du monde surit tes lèvres… L'alliance s'est perdue dans la boue et il n'en reste qu'un cercle de fumée grise…

Tu perds le sommeil. Tu perds de nombreux kilos. Tu perds d'autant plus confiance qu'ELLES continuent à soulever ciel et terre pour trouver une maison. Pour toi, il n'y a aucun doute : *elles ont décidé de vivre ensemble !* Aurore s'est coupée de ses parents, de ses amis, de ses collègues. Les ciseaux de Mélodie ont fonctionné à merveille. Elle a exigé l'exclusivité et Aurore va bien au-delà. Elle s'emprisonne. Elle se barricade. Elle gomme le monde. Tout ce qui n'est pas Mélodie l'ennuie. Mélodie ! La maison de Mélodie ! Les parents de Mélodie ! Mélodie et moi ! ON ! Ah, ce ON ! Il dit tout. Il neutralise tout. Ombrelle protectrice.

Cordon ombilical.

Bête à deux corps.

Effusion.

Fusion.

ON !

Interdit aux autres !

Go home !

ON, *only !*

Only you !

Stop !

E pericolo !

La casa está cerrada !

Périmètre sacré !

Tu n'as pas la clé ! Il n'y a plus de serrure !

Tu sombres, et plus tu sombres, plus tu t'ouvres à Mélodie. Elle est la seule à s'émouvoir de ton état. Elle répète sans arrêt : « Jérôme va mal ! » Elle essaie d'alléger ta souffrance. « Tu sais, Jérôme, je n'ai rien fait pour ça ! Moi-même, je suis dépassée ! » Elle écoute avec patience tes longues tirades. Elle absorbe l'encre de tes mots. Elle amortit tout. Elle comprend ta panique, tes colères, tes coups de blues. Elle t'offre ses oreilles. De plus en plus, elle réclame ta présence. « Où est Jérôme ? Pourquoi n'est-il pas venu ? » Aurore t'appelle comme si le besoin de te voir venait d'elle. Tu n'es pas dupe ! Tu viens quand même... Paradoxalement, c'est en Mélodie que tu déverses ton trop-plein. Au lieu de te rassurer, elle t'explique avec le sang-froid d'un chirurgien :

— Une femme qui agit comme ça n'aime plus son homme... Cela doit venir de très loin... Si ce n'était pas moi, ce serait quelqu'un d'autre ! On n'aime pas quelqu'un parce qu'il le mérite... L'amour ne se mérite pas... Il est irresponsable... INJUSTE ! C'est ainsi... Tu n'as pas su la libérer... On ne peut pas aimer deux personnes à la fois ! Tu ne la fascines plus...

Tu écoutes, incrédule. Parfois, tu doutes, mais le plus souvent, tu penses qu'elle se trompe et qu'Aurore va retrouver sa tête. Aussi étrange que cela puisse paraître, tu n'en veux pas à Mélodie. Tu es obsédé par Aurore, par sa métamorphose, par son abandon, par tout ce qu'elle révèle d'elle-même. Ses seins nus dans la piscine ou à la plage... La cloche incessante de son rire... Sa dépendance... Sa soumission... SA DOUCEUR...

Tout un monde d'émotions qu'elle manie avec la délicatesse d'une qui fabrique des fleurs en papier. Une Aurore qui fume, boit, exulte. N'a pas d'heure pour rentrer. Écoute de la musique à plein volume… Insouciante… Débloquée…

Elle ne parle pas, Aurore, quand tu discutes avec Mélodie. Elle a choisi l'absence. Dans ces moments-là, son visage redouble de calme. Le silence est son masque le plus précieux. Elle ne dit rien. Elle campe dans son mutisme comme un général qui prépare sa guerre. Elle est en état de guerre. Elle a déclaré la guerre à tout ce qui peut contrarier son amour. En guerre silencieuse contre toi ! En guerre contre elle-même ! En guerre contre ce que tu es devenu : une épave. Tu es maigre. Tu as le visage marqué par la douleur. Tu bois beaucoup. Tu ne dors plus. Ton cerveau s'épuise. Tu as des flambées de colère et des rémissions de tendresse. Tu as perdu et tu le sais. Tu t'accroches à ELLES car c'est tout ce que tu as. Tout ce qui te reste…

Marie-Ange et Elsa veulent tenter une médiation. Elles ont compris l'ampleur du drame. Aurore refuse obstinément de les rencontrer. Elle excipe du droit à sa vie privée. Ne veut pas de leçon de morale. Menace de dévoiler leur part de vie secrète. En fait, elle ne veut renoncer, pour rien au monde ! Même si Papa ! Même si Maman ! Même si Dieu en personne descendait sur terre ! C'est *veut* qu'elle ne veut pas !

Pas être sauvée…

Pas être conseillée…

Pas rien…

ELLE N'EST PAS DISPONIBLE ! Même si je dois périr… Même si ! Circulez, il n'y a rien à voir !

Marie-Ange a fini par obtenir un rendez-vous.

Alors qu'elle vient d'arriver, Aurore s'enferme dans sa chambre et la laisse seule dans le salon. Elle appelle Mélodie. Mauvais signe ! Tu t'en vas pour ne pas gêner leur discussion. À ton retour, à l'heure du déjeuner, tu découvres, stupéfait, Mélodie parmi les convives. Tu glisses à Marie-Ange : « C'est Aurore qui lui a demandé de venir ? » Elle roule vers toi des yeux qui expriment son impuissance et lève les bras au ciel. Ton sang déborde et tu repars aussitôt. La voiture est, depuis longtemps, ton seul refuge, ta *vraie* compagne, ton confessionnal et ton cabinet de méditation. Tu roules. Tu ne fais que rouler. Aurore t'appelle. Elle est furieuse. Elle t'accuse de manquer d'éducation, de savoir-vivre, de pudeur. Tu reviens la mort dans l'âme. À quoi bon rouler comme un vagabond ? Après tout, c'est chez toi ! En arrivant, tu entends Aurore s'indigner : « On a le droit de recevoir qui on veut chez soi ! »

C'est la version cynique de la nouvelle Aurore.

Le repas se déroule correctement. Mélodie a versé des larmes de honte à cause de ton départ. Aurore, pleine de compassion, répète : « La fille a pleuré ! » C'est tout ce qu'elle retient.

En fin d'après-midi, Aurore s'avance vers toi et t'informe avec cette voix neutre qu'elle affecte si bien : « J'ai donné ta radio à Mélodie. Tu ne t'en sers pas et elle en a besoin. » Tu es sidéré par tant de toupet, de sans-gêne et de mépris. Dès qu'il s'agit de Mélodie, Mélodie perd la notion des autres ! Tu traînes ton cœur. Elle n'en a aucune conscience. Toi, tu n'es pas Mélodie ! Tu n'as ouvert aucun sentier lumineux. Tu n'as offert aucune mine de passion. Tu ne l'as entraînée dans aucun nirvâna. Tu es là, fade et transparent. Aurore est retombée en enfance ! Elle suit Mélodie. Elle veut ce que Mélodie veut. Elle ne voit que par les yeux de Mélodie. « Je ne suis pas si forte que cela », avait-elle dit à Valérie. Tu as même l'impression que Mélodie t'aime plus qu'Aurore !

Tu repasses dans ta mémoire le film des moments oubliés. Tu te souviens de l'avoir prise par la main en lui disant : « Suis-moi ! » Tu te souviens de lui avoir conseillé de desserrer son frein à main. Tu te souviens des jours bleus, des chants d'oiseaux, des parfums de minuit, des fêtes sous-marines, des couchers de lune. Tu te souviens de tout cela et pourtant tu doutes de l'avoir vécu. Tout ça ne vaut plus rien ! La seule valeur, c'est Mélodie ! Elle a tout desserré, mais ce n'est pas pour toi. Elle n'est pas dis-po-nible !

15

Ma chère Aurore,

Tu es malhonnête ! Celle que tu appelles « qui on veut » est ton amant. Je dis ton amant car, à ma grande déception, c'est toi la dominée dans l'affaire. Celle qui prévient les moindres désirs. Celle qui s'affole pour les moindres ennuis. Celle qui prend en charge tous les problèmes. Tu es la Samaritaine de l'amour. À te voir ainsi réduite, je souffre deux fois. Une fois parce que tu m'as abandonné. Une seconde fois parce que je ne te reconnais plus. Tes dents sont molles, tes griffes rentrées, et ton corps ressemble à un grand risque.

J'ai parfois pitié de toi. J'ai pitié de ton pubis rasé. J'ai pitié du mal que tu te donnes pour plaire. J'ai pitié de ta souffrance. J'ai pitié de notre jardin saccagé. J'ai pitié de ton impatience lorsque le jour se lève. J'ai pitié de tes silences et de tes larmes. J'ai pitié de ton désordre et de ta perte de contrôle. J'ai pitié de tout ce qui t'engloutit et te dénature. J'ai pitié de ton impuissance, de ta fièvre et de ton absolu. J'ai pitié de voir à quel fil tu as suspendu ta vie. J'ai pitié de tes reniements, de tes mensonges et de tes pauvres arguments de femme prise au piège. J'ai pitié de ton conte d'amour...

Cette pitié-là me fait mal car je t'avais élevée haut dans mon estime. Tu volais haut et j'avais misé gros sur toi. Je te croyais immortelle, éternelle. Je regarde ton amour, et ce que je vois, c'est une agonie. Il n'y a pas de paradis pour accueillir ta mort, et tu ne mérites pas l'enfer. Tu es donc condamnée à errer...

Ton corps t'abandonnera et je serai là pour admirer le soleil de tes fesses. Je dirai que tes rides sont des rayons de lumière. Je dirai que si tes mains tremblent, c'est d'émotion et non de vieillesse. Je serai là parce que j'ai fait serment à quelque chose qui dépasse ta chair, ta beauté et ton sexe. Je serai là. Je serai toujours là...

Je ne serai jamais veuf car je ne trahirai jamais ton existence. Toi, tu es déjà veuve puisque tu m'as enterré tout vivant. De cela aussi, j'ai pitié, car de nous deux, j'ai la plus belle part. j'ai toujours mis la déveine à genoux parce que je ne déserte pas. Je suis là aujourd'hui. Je serai là demain avec les mêmes mots et cette même pitié que m'inspirent toutes les femmes.

Quand je parle de pitié, n'entends pas un sentiment méprisable qui va du haut vers le bas. Entends plutôt une forme d'émotion bienveillante qui m'arrache à moi-même pour m'amener à la racine de ton mal. Je me mets à ta place et je te pardonne pour cette épée que tu as plantée dans mes reins. Il est plus dur de tuer que de mourir. La paix du cadavre n'absout pas l'assassin. Tu as confondu l'amour avec une femme, et tu ne m'as jamais confondu avec l'amour. Non pas parce que je suis un homme, mais parce que je suis moi. Une étoupe brûlante qui sature l'amour jusqu'au péril.

Je t'ai aimée trop vite. Trop fort. Trop... totalement ! Je t'ai ravie à toi-même et tu m'en demandes rançon. Je me suis agenouillé et tu as voulu me relever en effaçant ma dette d'amour. Tu as effacé mon visage sur ton miroir pour mieux voir le tien. C'est notre ressemblance qui nous sépare ! Aucun jugement ne peut être rendu car nous sommes deux cruautés vivantes. Moi de trop t'aimer, et toi de ne pas m'aimer assez pour n'aimer que moi. Ton sang n'est pas à boire, il est à vivre !

La pitié dont je parle ne cherche pas à te rabaisser. Elle veut t'élever à la hauteur d'un arbre dont les branches auscultent le soleil de midi et crient miséricorde.

Chez toi, c'est aussi chez moi et je n'ai aucune obligation de recevoir la déesse de ton culte. Depuis quelque temps tu n'es pas à un cynisme près. Tu sors tes griffes. Tu montres tes crocs. Tu ne mords pas encore, mais cela viendra tout seul.

Tu penses que ma souffrance ne fait pas bien dans votre décor. C'est vrai qu'elle ressemble à une chiure de mouche sur la toile. Elle gâche ton horizon. Elle étouffe ta lumière. Ah ! si je n'existais pas ! Je suis là. Tu voudrais que je m'efface, que je tourne la tête, que je ne sois plus ton fardeau. JE NE PEUX PAS ! Remercie-moi de ne pas pouvoir, car un jour tu chercheras dans les cendres refroidies cette part de moi qui refuse.

Ton Jérôme.

Voilà ce que tu lui as remis pour lui ouvrir les yeux. Mais un aveugle peut-il voir ? Elle lit. Elle se retourne et s'endort.

16

Tu continues à t'effondrer.

Ni sommeil.

Ni faim.

Ni paix.

Tu vas au travail maigre comme l'ombrage d'une ficelle, assommé par ton impuissance, la tête chargée de honte. Qu'est-ce que tu peux faire ? Qu'est-ce que tu dois faire ?

Tu t'effondres.

Tes nerfs sont des paquets de vers. Ils te dévorent. Tu ressens, sous ta peau, des milliers d'aiguilles qui dansent. La rage monte. Le dégoût. Ton crâne semble trop petit pour contenir ton cerveau. Qu'est-ce qu'il faut faire ?

Elsa et Marie-Ange ont démissionné. Leur instinct de femme leur dit qu'elles n'y pourront rien. C'est la gangrène ! Le quimbois est trop fort !

Alors, désespéré, tu appelles Mélodie et te répands en mille sanglots. Elle a pris ta place ! Elle t'a éjecté ! Tu es un mort vivant ! À partir de ce moment-là, tu es un homme brisé.

Il arrive parfois qu'un champion mette genou à terre. C'est le spectacle le plus pathétique que tu connaisses. Cette glissade, croit-il, n'est qu'un accident. En réalité, le match est déjà joué. La fin devient une furie qui se déchaîne et finit par le mettre K.-O. Tu es sonné, mon vieux ! Tu lances des coups de poing dans un brouillard, tu titubes de façon grotesque et tu t'abats, d'un seul coup, en respirant l'odeur sauvage de ton sang. Tu as perdu par K.-O. un combat que tu n'as jamais livré. Le goût du sang dans ta bouche te donne la nausée. Tes tempes bourdonnent et l'engourdissement répugnant gagne tes membres. Mélodie n'est pas ton adversaire. C'est dans le cœur d'Aurore que gît le mal. Son cœur a esquivé, contre-attaqué, martelé ton menton et ton foie, bouché tes yeux, et il a fini par te pulvériser. K.-O. ! Tu es K.-O. !

La dépression s'amplifie. Tu n'arrives plus à cacher ton mal. Tu t'émiettes en crises de larmes. Ta secrétaire appelle Aurore. Elle répond qu'elle ne peut pas venir. Elle lui demande de te conduire chez le médecin. Tu n'as plus personne ! Tu n'as que ta secrétaire qui souffre de te voir K.-O. Tu n'as plus rien. Tu n'es plus rien !

Aurore, indifférente, te regarde avaler tes médicaments. Elle est blindée. Elle ne s'émeut pas de te voir rabaissé à ce point. Au contraire, elle te reproche d'être tombé malade par égoïsme. Comme si de rien n'était, elle continue ses allées et venues de Mélodie à Mélodie. Elle te reproche de traîner une gueule de martyr. Elle te répète que la vie continue et qu'il n'y a pas mort d'homme. Elle te demande de te secouer et de continuer comme avant. Elle ignore que, dans le monde qu'elle a créé, il n'y a ni avant ni après. Il y a l'insoutenable descente aux enfers. Cette espèce de tunnel au bout duquel sortent des envies de meurtre ou de suicide. Elle fanfaronne et, parfois, essaie de t'amadouer. Le plus souvent, tu nages dans un bouillon d'huile chaude.

Elle te prépare un repas vite fait et, au moment où tu vas te mettre à table, elle t'apprend que tu vas manger seul car Mélodie et elle vont... Tu n'entends pas le reste. Tout en toi se bloque. Une fois qu'elle a ouvert ses ailes, tu jettes le tout à la poubelle. Tu refuses de jouer le rôle d'un chien dans sa niche. Pas d'os ! Pas de baballe ! Tu préfères tes puces.

En outre, elle commence à passer une grande partie de ses nuits chez Mélodie. Les journées ne lui suffisent plus. Il lui faut des nuits. Il lui faudrait l'éternité...

Un dimanche, elle te remet une lettre. Quelque chose de griffonné nerveusement. Une trace. Un éclair. Juste un début. Une petite bouée de mots qu'elle te lance. Des mots qui ont mûri en elle, à son insu.

Mon cher Jérôme,

Je n'ai pas vu se dérouler ma vie.
Vingt ans, un mariage.
Vingt et un ans, un enfant.
Vingt-huit ans, un divorce, une seconde vie.
Aujourd'hui, j'ai quarante ans !

Je ne sais pas pourquoi, mais je ressens une énorme fatigue... Je suis lasse. Je ne sais pas quand je vais mourir. J'ai envie de vivre, de communiquer, d'échanger, de...

Je sais que je te fais de la peine. Ce que je vis est plus fort que moi. Je n'arrive plus à contrôler. C'est plus fort que moi ! Je suis prête à assumer tous les risques.

Etc.

Aurore.

Tu lis cette lettre, une fois, deux fois, trois fois. Tu ne comprends rien. Tu te dresses comme un cobra. Elle a écrit : *J'ai envie de…* Ces trois points de suspension sont trois coups de bistouri au fond de ta plaie… De quoi ? Elle a suspendu son écriture au bord de l'aveu. Elle s'est retenue, parce que sans doute, ce qu'elle voulait écrire devait être énorme. Manque de courage ? Peur de te blesser ? Elle a fermé la citadelle. Ce sont les boulines que tu reçois.

Te reviennent tant de moments qui disaient le contraire. Tu la revois, lors des premiers rendez-vous. Elle était arrivée vêtue d'un ensemble orange qui lui seyait à merveille. Tu avais eu le souffle coupé.

Tu te souviens qu'elle ne portait que du bleu parce que c'était ta couleur préférée.

Tu revis vos marches dans la froidure du petit matin.

Tu sens remonter l'odeur des bois où vous aimiez vous promener le dimanche.

Tu refais la liste de vos nombreux voyages *en amoureux*. Du moins le croyais-tu !

Montréal.

Québec.

Toronto.

La Havane.
Santo Domingo.
San Juan.
Paris.
Miami.
Saint-Kitts.
New York.
Marseille.
Turin.
Papeete.
Etc.

Tant de lieux ! Votre géographie du bonheur ! Tant d'horizons ouverts, pour elle seule, et qui frémissaient encore dans vos albums de photos. Tant d'anecdotes. Tant de bouts de vie pour tresser un amour. Des complicités intimes. Des furiosités érotiques. Tout cela gommé d'un seul coup par ces mots qui te déchirent ! La parole dit : voir la misère et ne pas mourir !

Tu croyais en ton couple comme un enfant au Père Noël. Tu croyais en Aurore. Elle était ton Vatican, ta Mecque, ta synagogue, ta forêt sacrée, ton credo. Et voilà tout ce qu'elle trouve à t'offrir après tant de foi : la lassitude et le reniement !

Bien sûr, elle insiste pour te dire qu'elle ne te remet pas en cause, que cela n'a rien à voir avec toi et, à la limite, que cela ne te concerne pas... Allez demander au cheval si les éperons ne le concernent pas ! Allez demander au prisonnier torturé si les mains du bourreau ne le concernent pas ! Allez et demandez !

Ta chair crie. Tu pleures ! Terrorisé ! Elle t'enlace pour t'empêcher de bouger, de vomir tes entrailles. Elle tient fermement ton corps, ayant lu dans tes yeux qu'il risque de t'échapper et de se briser en mille morceaux. Pour la première fois de ta vie, tu la regardes avec les yeux épouvantés d'un enfant qui ne comprend pas pourquoi sa mère est morte. Qui est devant toi ? Cette chose n'a ni passé ni avenir ! Une atroce incarnation ! Sa présence t'est insupportable. Tu sais que ta vie vient de basculer. Nul ne sait où te conduira le cheval fou de la déveine. Un coup de cœur est pire qu'un coup d'État. Le chef d'État, s'il reste en vie, part en exil. Un amoureux débarqué n'a nulle part où aller. Il devient, pour lui-même, la pire des prisons…

17

Lecteurs, lectrices, comprenez-moi. J'essaie de lui expliquer. Non, je n'essaie pas de lui expliquer. *J'essaie de lui faire admettre cette nouvelle donne.* Je n'envisage pas de le quitter comme il le croit. Au contraire, j'aime qu'il soit là parce que c'est mon compagnon. J'ai besoin de m'appuyer sur lui, mais je ne lui appartiens plus. J'ai été capturée par le souffle de Mélodie, par ce cocon magique que nous avons tissé, par nos rires de petites filles en cavale, par tout le lait de ferveur qu'elle fait monter en moi. J'ai besoin d'être en sa compagnie. Près d'elle, je me sens exister, vivre et vibrer. Mes seins se gonflent en la voyant et mes yeux secrètent une huile douce. Elle est toujours la bonne invitée à la fête de mon cœur. Pourquoi ? me demande-t-il. Tout simplement parce qu'elle n'est pas LUI. J'ai besoin d'autre chose que la certitude. J'ai besoin de conquérir et d'être sous le charme. J'ai besoin de décrasser mon cœur. J'ai besoin de trembler, à l'heure des rendez-vous. J'ai besoin de pleurer la douleur de l'aimer. J'ai besoin d'explorer d'autres vertiges. J'ai besoin de me découvrir faible. J'ai besoin de m'embarquer dans sa sieste. J'ai besoin de danser avec elle, collée et serrée contre mon rêve. J'ai besoin de moments souterrains. J'ai besoin de me sentir nue. J'ai besoin de fondre dans sa bouche. J'ai besoin de casser la noix du temps. J'ai besoin de sa féminité, de ses rondeurs, de sa moiteur. J'ai besoin de m'ouvrir à elle. J'ai besoin de lui être indispensable. J'ai besoin de traverser des planètes. J'ai besoin de chavirer mon corps et de le déchavirer. J'ai besoin de retomber en enfance. J'ai besoin de descendre dans l'arène de mon ventre. Et plus bas… Et plus bas encore ! J'ai besoin de tournoyer dans le vent libre. J'ai besoin de mordre son soleil. J'ai besoin de l'ombre chaude de ses paupières. J'ai besoin de sa coulée d'or. J'ai besoin de bleuir, de faillir et de défaillir. J'ai besoin de démentir la mort. J'ai besoin d'enjamber l'ordinaire. J'ai besoin d'un combat qui m'emmène au bout de moi-même. J'ai besoin de m'offrir. J'ai besoin de marronner. J'ai besoin de contrebande. J'ai besoin de courir sans bride. J'ai besoin des sortilèges de minuit. J'ai besoin des trois chemins pour déposer un quimbois. J'ai besoin de l'orgasme des étoiles. J'ai besoin de retirer ma peau. J'ai besoin de m'oublier dans toutes les clairières où les femmes ne sont pas que des femmes. J'ai besoin de pactiser avec le diable. J'ai besoin d'un bain de folie. J'ai besoin d'être prisonnière et j'ai besoin d'être libre. Ah ! J'ai besoin…

Lecteurs, lectrices, comment expliquer ça à son homme ! Il a beau être ouvert, branché sur la vie, il est trop fragile pour comprendre le free jazz de mes hormones. Contrairement à ce qu'il croit, cette part de moi a toujours été là, depuis mon adolescence. Elle montait la garde. Elle dormait sous la glace en attendant son heure.

Ma part d'orage et de cyclone… Ma part de cri sauvage jusqu'au sang du soleil… Ma part de paradis, à laquelle je n'ai jamais renoncé. Enfouie sous les décombres d'une enfance où il fallait tenir bon, tous les jours. Ensevelie sous la poussière d'une éducation austère. Camisolée dans les couloirs d'un mariage. Écartée par la nécessité de survivre avec lui. J'étais obligée d'être comme cela, je n'avais pas le choix ! Elle a toujours été là, cette part maudite. Avec ses griffes de chatte en colère, ses pétitions muettes au creux de mon vivre. Ses humeurs de bête encagée.

J'avoue que j'ai joué le jeu. Adolescente responsable, quasiment chef de famille. Épouse correcte et mère dévouée, lapidée par les mauvaises langues. Concubine courageuse, harcelée par les ex. J'ai lutté pour donner toutes ses chances à notre faux départ. Rigoureuse, organisée, pour gagner NOTRE guerre. Freinée par Jérôme, par les autres, par moi. Parce que je voulais marcher la tête haute, j'expiais. Freinée, oui ! J'ai défreiné, mais je n'ai pas changé…

Je me tue à crier que je suis la même Aurore. Aurore des volcans. Aurore des passions. Infante sans royaume et qui a pris le droit d'habiter sa peau, ses fesses et son cœur. Cela ne veut pas dire que Jérôme n'est rien pour moi. Cela veut dire qu'il a fait son temps d'émerveille et qu'il doit passer la main. Je n'ai pas changé ! J'ai libéré ma part de femme de quarante ans qui ne veut pas flétrir. Mélodie aussi a quarante ans, et c'est cela la racine invisible de notre passion. Jérôme n'a rien à voir ! C'est le Temps qui joue contre lui. Non pas l'usure du Temps, mais la peur du Temps ! J'ai cédé à l'appel. J'ai craqué comme une banquise qui entre dans une mer chaude. Je sais que cet amour est un fardeau, mais *c'est un fardeau qui m'allège...*

Mélodie croit en moi, en ce petit ruisseau qui coule en moi, en ces ailes que je ne savais pas ouvrir, en ce verger que personne n'avait vu avant elle... Elle ne m'a pas dit : « Tu n'es pas assez tendre ! » Elle a semé la tendresse en moi. Elle ne m'a pas dit : « Desserre ton frein à main ! » Elle est montée à mon côté et elle a démarré... Elle ne m'a pas demandé d'être une surfemme ! Elle a réveillé l'enfant qui dormait en moi. Elle ne brandit pas son sexe comme un pistolet. Elle fond avec moi la balle qui me tue... Ma bien-aimée !

Je ne sais pas dire tout cela. Ce sont des mots qui scintillent dans les livres. Ils sont si transparents et si vrais ! Je ne sais pas dire cela, mon français ne grimpe pas aussi haut ! Mon créole ne descend pas aussi profond ! Je ne suis qu'une femme de quarante ans qui a du mal à déchiffrer le livre de sa propre vie. Je n'ai jamais su parler. Je ne sais pas écrire. Tout part de mes yeux et de mon cœur. Tout y revient, sans mots pour le dire. Avec Mélodie, ma langue déploie ses ailes de libellule et s'envole. Nous ne parlons pas. *Nous échangeons* de petits riens et de grands rires. C'est notre manière, à nous, de nous accorder. Seul l'accord compte, n'est-ce pas !

Comment exprimer tout cela ? J'essaie des mots, des mots biaisés, des mots mendiants, des mots crachats, des mots brouillés.

J'ai l'impression que depuis que le monde est monde, depuis avant Adam et Ève, depuis avant Lilith, aucune femme n'a jamais su parler à aucun homme. Hommes et femmes, irrémédiablement étrangers l'un à l'autre, ils ne peuvent partager que leur animalité ou leur spiritualité. Les extrêmes. Il leur est difficile de partager leur humanité. Là gît le drame et parfois la tragédie.

Tant qu'un homme ne sera pas doté de cette machine infernale et merveilleuse que l'on appelle vagin, coucoune en créole, il ne comprendra pas la femme dans son humanité. C'est le vagin qui fait du corps féminin une forteresse à défendre constamment et un jardin ouvert à toutes les tentations. Veille et abandon ! C'est le vagin qui exige la sécurité, pour les enfants, et qui prend le risque de l'insécurité pour le don de soi. C'est le vagin qui se nourrit d'avarice et de grandes soifs. C'est le vagin qui crée l'instant et qui a peur du Temps. C'est le vagin qui accueille l'homme et qui l'expulse. L'homme d'une femme est toujours une fausse-couche. Comme compagnon, il peut, à de dures conditions, tenir la route. Comme amant, il est promis à l'avortement. C'était là l'erreur de Jérôme. Il voulait être un compagnon ET un amant ! L'arc et la flèche ! À partir du moment où nous nous sommes mis en ménage, que je devais tenir les comptes, veiller sur lui, combattre pour gagner NOTRE guerre, mon vagin l'avait dissout comme amant. L'amant(e), cette prise de risque qui repousse les limites et déchire le placenta, ne pouvait venir que d'ailleurs. Pour l'heure, c'était Mélodie. Peut-être que je ne voulais pas lui infliger l'affront d'un autre homme dans mon vagin.

Peut-être que je suis tombée amoureuse de Mélodie par respect pour lui…

Comment démêler tout cela pour lui ?

C'est comme toi avec ta cigarette !

Pour lui signifier que je n'arrive pas à me passer d'elle.

Tu n'as rien à voir avec ça !

Pour lui faire comprendre que cet amour-là, le premier de toute ma vie, m'appartient à moi seule. C'est moi qui le vis ! C'est moi qui maigris de trop aimer, de vouloir partir et de rester là. Moi seule porte ma blesse et mon sang…

Entre femmes…

Pour lui faire admettre que nos relations sont d'une autre nature et qu'il ne pourra jamais m'apporter ce qu'elle m'apporte.

Tu n'es pas le centre de ma vie !

Pour lui donner une boussole afin qu'il cherche d'autres points cardinaux.

Il n'y a pas mort d'homme. La vie continue !

Pour me dédouaner. Je refuse toute culpabilité. Je ne suis pas coupable. Je suis amoureuse, et tout ce que j'espère de lui, c'est qu'il m'accompagne, y compris au bout de cette passion qui m'éloigne de lui. Je ne veux ni de sa souffrance, ni de sa logique, ni de sa justice. Je veux un silence généreux. Pas de compassion.

Pas de complaisance.

Pas d'absolution.

Pas d'apitoiement, ni sur lui, ni sur moi !

Tu devrais être content pour moi !

Pour une fois, je lui demande d'aimer au-delà de lui-même. De ne pas s'aimer à travers moi. De m'aimer, moi !

Vous direz que je suis égoïste. Les vrais amoureux n'ont pas d'autre patrie. Cruelle ? Je me fais du bien ! Insensible ? Je suis revitalisée. Il suffit d'écouter les orgues de mon rire. Je goûte à l'arrogance de mes seins et à l'orgueil de *sentir* mon corps. Je soigne la faim de mes lèvres. Le vin, la musique, la danse me dilatent. Je n'ai pas perdu la tête ! J'ai perdu le quotidien ou, plutôt, le quotidien m'a perdue.

J'essaie en vain de parler et c'est dans un souffle que je réponds oui lorsqu'il me demande si j'aime Mélodie à ce point. Je l'emmène au restaurant, mais ce sont les mots qui me mangent. Je lui dis que je n'ai qu'ELLE !

Elsa, Félicité et Marie-Ange n'ont pas fait souche dans ma vie. Je me suis lassée de les attendre sur le bord de l'amitié. Elles ne sont pas venues, ou si peu ! J'ai besoin d'une amie ! *Mélodie, c'est aussi mon amie !* Elle est là, tout près, disponible, partageant ma quarantaine, avide de moi, à la hauteur exacte de mon combat de femme...

Maintenant que nous avons franchi la barre, *je veux vivre pour moi* ! J'ai découvert la force vivifiante du mot « MOI ». À vrai dire, je ne sais pas qui je suis depuis ce fameux voyage en Guyane... *Je cherche mon moi !* Je ne suis pas celle que je croyais être. Je découvre avec frénésie *et tristesse* cette autre qui pousse en moi. Cette étrangère toujours en manque de Mélodie...

Dans un autre restaurant – prudemment, je préfère négocier en terrain neutre –, j'essaie de lui faire comprendre qu'il ne s'agit pas d'une passade. *Il y a aujourd'hui. Il y aura demain et tout le reste de la vie !* Je n'envisage pas ma vie sans Mélodie !

Il y a des tactiques que j'emprunte à Valérie. Sans arrêt, je martèle : « C'est une parole de trop ! » Pour stopper ses arguments. Comme Mélodie, je répète que l'amour n'a rien à voir avec la justice. Enfin, je sors l'argument massue : « Tu ramènes tout à toi ! »

Il ne comprend pas... Son cœur est bouché ! Mes mots – plus ceux de Valérie et de Mélodie – soulèvent sa colère. Ils déchirent la communication.

Je veux pouvoir la voir quand je veux ! Si j'ai une amie, c'est pour moi ! Si tu es entre nous, ce n'est plus le même plaisir ! Tu es tombé malade par égoïsme ! J'ai découvert que je suis une femme ! J'ai déjà vu ce qui va se passer : je finirai ma vie avec toi !

C'est cela même ! J'ai découvert que je suis une femme. Une femme à chiffons, à string dénudant mes fesses. Une femme pouvant s'enflammer. Une femme *inconditionnellement* solidaire de toutes les femmes de la Création ! Une femme qui s'indigne de la prétention des hommes...

Je regarde l'ombre de Jérôme à côté de moi et lui en veux de ses airs de chien battu, de sa maigreur, de ses mots inutiles. Je finis par lui en vouloir de m'aimer !

J'invoque le droit. Le droit de reprendre mes billes. J'ai le droit de soupirer, de désirer, de ne vivre que pour moi ! J'ai le droit de lâcher sa main et de courir librement dans la savane de mon corps. J'ai le droit d'aimer qui je veux et de recevoir qui je veux. *J'ai le droit d'avoir le droit !*

C'est au nom de ce droit que je ne veux entendre personne... Elsa et Marie-Ange ont essayé de m'approcher. Je me suis renfermée, et sans répondre, j'ai réussi à les tenir à distance. Je n'autorise personne à raisonner à ma place. Elles ont leur vie de femme avec tout ce que cela comporte de faux-semblants, de mensonges, de trahisons et de coups bas. Je ne les ai jamais jugées. Je ne veux pas de tribunal. Laissons les sermons à l'église. Je n'ai pas de couple à sauver ! C'est moi que je sauve ! Je ne veux rien savoir, rien connaître de la souffrance des autres. Jérôme a choisi de souffrir, c'est son problème ! Sa souffrance encombre ma vie et je n'ai pas de poubelle pour la jeter.

18

Votre vie ne ressemble plus à rien. Vous passez vos jours et vos nuits en discussions éreintantes.

— Je voudrais comprendre !

— *Il n'y a rien à comprendre !*

— Quelle faute ai-je commise ?

— *Je n'ai rien à te reprocher...*

— Pourquoi tu n'arrêtes pas ?

— *Je ne vais tout de même pas me pendre !*

Sourde, inaccessible, elle ferraille de la pointe, de l'estoc, de la botte secrète, sans céder un pouce de terrain. Campée sur ses positions, elle s'emmure. Elle s'assume ! C'est lui qui rompt devant tant de détermination. Il ramasse ses tripes par terre !

Aurore emmène Mélodie chez votre médecin. Tu vis cela comme une trahison supplémentaire. Comme un viol ! Lorsqu'il te demande, quelques jours plus tard : « Qui est cette femme ? » Tu réponds que tu ne la connais pas. En fait, tu as honte. Tu n'as pas la force de raconter ton calvaire. C'est cela le plus terrible pour toi. Ce sentiment de honte qui t'empêche de te confier à quelqu'un. L'humiliation est trop forte et, dans ce pays où même les femmes sont machistes, personne ne comprendrait... Cette histoire ne colle pas avec votre légende. Ce qui t'humilie, ce n'est pas simplement le fait qu'elle soit amoureuse, c'est sa manière exclusive, intransigeante, obstinée d'être amoureuse... À qui peux-tu dire : « Tu te souviens de ma belle histoire d'amour ? Eh bien, c'est aujourd'hui une laideur pas possible ! Un monstre ! »

Plus rien ne compte pour elle.

Le temps est une plaie. Nuit et jour, tu réfléchis. Tu avales des comprimés pour dormir, pour manger, pour survivre. Chaque comprimé redouble ta honte. Tu n'acceptes pas d'être dans cet état. Tu en es là aujourd'hui et tu te regardes avaler des comprimés. Lamentable ! Tes jambes sont lourdes. Tu as du mal à tenir debout. Ta tête éclate. Ta bouche est sèche. Tu restes des heures sur la véranda et tu colles des cigarettes à des cigarettes...

Le docteur s'écrie : « Ah, les femmes ! »

Tu paies en baissant les yeux. Tu ne regardes plus personne en face. Au travail, tout le monde voit que tu ressembles à un balai habillé. Tu as été obligé de percer d'autres trous dans ta ceinture. La vie est trop large. Tu flottes !

En désespoir de cause, tu vas voir un psychiatre. Il t'écoute. Tu racontes. Les finances vont mal. Le couple est en crise, etc. Il écoute et il analyse. Son verdict est simple. Trop simple !

— C'est une cynique ! Elle a bien préparé son coup ! Maintenant qu'elle vous tient, elle vous fait payer l'addition.

Tu rapportes son point de vue à Aurore. Elle explose :

— Moi, une cynique ! N'importe quoi ! Et puis, tu ne te rends pas compte ! Tu vas te faire un dossier chez un psychiatre ! Cela te suivra toute ta vie !

Toute ta vie ?

Qu'est-ce qui t'attend tout le restant de ta vie ? La voiture d'Aurore est tout le temps garée chez Mélodie. Chaque fois que tu la vois, ton cœur se serre. La voiture est là. Elle te nargue. Elle te tue à petit feu. Parfois, tu continues ta route. D'autres fois, tu t'arrêtes et te joins à elles. Mélodie t'accueille de mieux en mieux. Aurore fait ce qu'elle peut. Il t'arrive de te sentir de trop. C'est si dur de rester seul en imaginant qu'elle est heureuse avec une autre !

Le couple est quasiment établi. Elles ne vivent pas sous le même toit, mais elles ne vivent pas l'une sans l'autre.

Un soir, tu découvres une photo dans la chambre de Mélodie. Bien en évidence sur un guéridon, la photo trône. On y voit Aurore et Mélodie, côte à côte, illuminées par un sourire tendre et complice. Elles n'ont même pas pensé que cela pouvait te faire mal. Tu avales ta honte. Tu parles de tout et de rien tandis que la photo te fend la tête. Un verre de whisky à la main. La photo te regarde.

Depuis quelque temps, elles ont envie de s'afficher. Leurs regards crient : regardez-nous ! Des frôlements de mains. Des caresses dans les cheveux. Des gestes câlins. Des paroles ambiguës. Des intonations mielleuses. Des postures qui rapprochent. Elles veulent s'exhiber. Aurore est rentrée dans la rade du bonheur. Elle est radieuse et son corps de sultane, bien qu'amaigri, rayonne de partout. Ses yeux luisent. Ses hormones jubilent. Sa vie est un festin.

Lorsque Mélodie reçoit quelqu'un, elle se positionne en maîtresse des lieux. Elle propose à boire, fait le service, relance la conversation. Fière, sûre d'elle, elle montre qu'elle est propriétaire de son jardin. Femme pour une autre femme ! À la face du monde entier.

Un homme est venu discuter des conditions de vente avec Mélodie. Aurore n'a pas jugé utile de se retirer. Elle est là, autour de la table. Assise à côté de Mélodie, ange gardien, elle participe au débat, pose des questions, fournit des explications. À l'écart, tu regardes la scène, et ce que tu vois, c'est un couple. Tu vois leurs gestes solidaires et leurs corps qui s'épaulent. Tu entends voltiger leurs mots. L'homme sort son chéquier pour payer un acompte. Aurore ne bouge pas.

Au cours d'une manifestation, elles marchent la main dans la main. Elles vont d'un groupe à l'autre, heureuses d'avoir un public. Elles simulent l'insouciance et l'innocence. On dirait deux gamines qui jouent avec du poil à gratter. Au retour, Mélodie te raconte, en pouffant, qu'Aurore avait failli l'embrasser pour défier un de ses anciens. Tu n'en crois pas tes oreilles.

— Même si vous ne vous en rendez pas compte, tout le monde voit que vous êtes amoureuses. Pourquoi vouloir en rajouter ?

— *Juste un petit baiser ! Qu'est-ce qu'il y a de mal dans cela ?* (En minaudant.)

— Vous êtes devenues folles !

— *Pourquoi dis-tu que tout le monde voit ?* (Vivement alléchée.)

— Parce que vous faites tout pour cela !

— *C'est dans ta tête que cela se passe !* (Innocente.)

— Dans ma tête ! Tous les jours, je perçois ce désir de vous montrer et je suis obligé de vous protéger.

— *Comment ?* (Très amusée.)

— Par mon attitude ! Je fais comme si tout était normal !

— *Mais tout est normal !* (Triomphante.)

Elles veulent vivre à pleins naseaux, au galop, et rien ne doit les empêcher d'éperonner le faste des jours. Il y a les promenades du mercredi, les courses du samedi matin, les baignades du dimanche. Les déjeuners, les dîners, les sorties en boîte, les spectacles. Les tourbillons des petits riens. La sieste.

Ah, la sieste ! Corps étalés. Respirations jumelles. Elles savourent l'aisance d'un dormir ensemble. Quiétude aussi, par-delà les traversées du songe, d'un temps remis à l'heure des petites morts. Il t'est arrivé de voir leur visage en veilleuse, en si tiède luxure, repu d'avoir épuisé leur monture. Leur souffle s'accorde au cercle de leur bras. Le lit à colonnes, royaume bleu, devient l'aire d'une connivence de ventre et de dos enchâssés. L'après-midi vient mourir sur le velours de leurs paupières. Sommeil de petites filles !

Il y a les restaurants. Sans mentir, Aurore en beauté. Parfaitement maquillée. Ses lèvres, couleur saumon, s'harmonisent avec le bois rouge de sa peau. Tout l'apparat des grands jours met en valeur ses formes. Elles sont neuves. Elles sont superbes !

Il y a de mauvais souvenirs.

Vous êtes trois à table. Malgré tes efforts, tu te retrouves très vite hors jeu. Elles conversent *entre femmes.* Tu n'as ni porte ni fenêtre pour entrer, et tu te bornes à appuyer tel ou tel propos. À aucun moment, le visage d'Aurore ne se tourne vers toi. Telle une antenne préréglée, il ne capte que Mélodie. Il y a dans leurs échanges une sorte de mise en scène. Elles pétillent. Elles se renvoient des rires. Se touchent parfois dans l'élan du causer. Elles affectent des airs de femmes totalement émancipées. Trop ! En apparence, tout semble normal, alors que la normalité, du fait de leur théâtre, se transforme en situation extraordinaire. Leurs voix sont une liqueur. L'une se noie dans les yeux de l'autre. Elles cultivent des phrases à double entente.

— Ne mange pas tout mon pain !

— Tu sais bien que j'aime tout manger ! (Rires.)

— Hum ! Cette viande est tendre !

— Ça ne te rappelle rien ? (Rires.) Moi, j'adore les palourdes !

— Avec beaucoup de sauce ! (Rires.)

Elles enfilent les grivoiseries, les allusions coquines, les jeux de mots ambigus.

Fatigué, tu vas chanter avec l'orchestre. Pas un regard ! Pas un applaudissement. Tu n'es pas loin pourtant. Au bout de la salle, autant dire sur une autre planète ! Tu as choisi des chansons qui évoquent des couples brisés, le désamour, le divorce, et Aurore n'a même pas entendu que tu chantais au secours. Au contraire, elle te reproche ton manque d'entrain et ta morosité.

Après, vous vous rendez à une fête. Tu annonces que tu vas rester dans la voiture. Elles réagissent en chœur. Pourquoi veux-tu à tout prix gâcher la soirée ? Il s'agit simplement de faire acte de présence. Mélodie a promis de répondre à cette invitation. L'idée d'y aller à cause de Mélodie t'exaspère...

C'est une de ces fêtes d'entreprise, sans âme, où les salariés se font un devoir de s'ennuyer. La salle est immense et la musique froide. Pour te calmer, tu sors fumer une cigarette. Au bout d'un moment, Aurore vient te sermonner.

— Tu dis que tu es d'accord pour que nous fonctionnions à trois, et quand nous sommes tous les trois, regarde comment tu te comportes ! Il faut savoir ce que tu veux !

Tu dévisages Aurore. Tu écoutes Aurore. Parle-t-elle en son nom ? Est-elle l'émissaire de Mélodie ? En dépit de ton mal-être, tu consens à regagner ta place.

Te voilà sur la piste, dansant avec Mélodie. Et voilà aussi le miracle. Mélodie ne danse pas. Elle t'enveloppe et te masse avec douceur. C'est une vapeur de femme qui t'étreint et qui donne à tes mouvements un balan surréel. Vous ne dansez pas. Vous vous bercez, collés l'un à l'autre, et il sort de vos reins une création sensuelle, rythmée par vos souffles. Après chaque morceau, vous prolongez l'étreinte et vous demeurez accolés avant d'atterrir à nouveau sur le carrelage.

Aurore, invitée à son tour, est plus physique. Ses seins fouillent ta poitrine. Ses hanches résistent et te répondent. Ses cuisses, emmêlées aux tiennes, t'imposent des raidissements de muscles et des passes obligées. Avec chacune, tu gardes une vigilance de toréador. Elles ne tournent pas dans le même sens. L'une est volontiers batailleuse, énergique, tandis que l'autre absorbe la substance de la danse. En passant de l'une à l'autre, ton corps émigre d'un remous de vagues à la quiétude d'une mare. Tu te prends au jeu sans réaliser qu'en dansant avec toi, c'est avec elles qu'elles dansent !

Vous rentrez et, pour la première fois, dormez tous les trois, unis par la même tiédeur.

Il y a les boîtes de nuit. Vous trois ! Assis sur la banquette. Aurore du côté de Mélodie. Sur la piste, des danseurs nattent leurs bras et leurs jambes. Ils ne font qu'un. Des ombres s'échauffent. Des morceaux de silence dérivent. Les mots sont tamisés. Tu invites Mélodie. Souplesse lascive. Petites pressions. Les seins moussent. Les reins tanguent. Sens aux aguets. Souffles noués. Fermer paupières. Odeur capiteuse de Mélodie. Une sueur coule. Où vous enfoncez-vous ? Tout doux ! Tout doux ! Moudre la musique. Grager. Onduler. Sa nuque embaume. Jasmin de nuit.

Mélodie, pourtant, ne se donne pas vraiment. Elle veille sous l'écale de ses yeux. C'est plutôt toi qui voles une doucine. Te laisses faire ! Te pièges ! T'amarres !

Une connaissance s'amène. « Vous êtes trois ! Je peux ? » Aurore comprime une tension. Ses yeux balaient la piste et pointent un regret. Veut danser ! Veut danser avec Mélodie ! Elle refuse ton invitation. Accepte finalement. Ne danse pas vraiment. Épie Mélodie. Mécanique. Automate. La musique ne lui parle pas. Fait des gestes pour dire « c'est tout ». Mélodie a l'air de prendre du plaisir. Aurore contrariée. Va s'asseoir. A déjà fait sa B. A. Sirote son impatience. Mélodie pas là ! Banc, là, vide ! Assise là, mais son corps est sur la piste. Se dédouble. S'exile. Sa joue tressaille.

Mélodie revient. L'invite à son tour. Joie pure. Voulait se montrer. Faire noix parmi tout le monde. Se défrustrer. Lâcher corps. Fuguer là. Aller en l'autre bord. Mourir là-même ! Roulez musique, roulez ! Chacun chavire sa chair comme il peut.

Tête basse. Tête chargée. Questions tambourinent sur la peau de ta tête. Comment a-t-elle pu se métamorphoser à ce point ? C'est monstrueux ! Où est passée Aurore ? Même visage. Même nez fin et droit. Même petite bouche qu'une colère peut tordre. Même seins-pamplemousses. Même taille haute. Même voix nerveuse. Même butin. Pas même personne ! Une autre est rentrée dans son corps. A pris les commandes. Pas comprendre rien.

— *Je te croyais plus ouvert !*

— ???

— *Il n'y a rien à comprendre !*

— ???

— *Tous les couples sont comme ça !*

— ???

— *Tu sais toi comment les gens vivent ?*

— ???

— …

Plus de repères. S'adapter à l'autre. Tu t'efforces. Ne porte plus que pantalons, à l'exception d'une robe africaine qui aère son corps nu. Tout nu ! Pas de culotte et cocotte chauve. Attendre une repousse ? Mélodie a horreur des poils. Tant pis pour toi ! Lorsque tu l'interroges, elle te répond d'une voix de bête prise au piège : « Laisse-moi tranquille avec ça ! »

Avec ça ?

Tu finis par comprendre que c'est le butin de l'autre. Un butin sculpté tout exprès pour Mélodie. Une façon de se faire toute neuve pour elle !

19

Qu'est-ce que tu as pu faire pour créer un tel vide ?

Aurore te paraissait heureuse. Que s'est-il passé ? Depuis quand a-t-elle décroché ? Tu n'as rien vu venir ? La foudre est tombée brutalement d'un ciel sans orage. Votre vie te fait penser à ces empires qui s'effondrent sans signes avant-coureurs.

Elle, si méticuleuse, ne veut plus rien faire. Vos comptes sont en jachère. Elle s'en fout ! Votre découvert se creuse. Elle s'en fout ! Il y a deux semaines qu'elle n'a pas fait le lit, pas changé les draps. Tu pourrais le faire, mais tu veux voir jusqu'où elle ira. Des toiles d'araignées remplissent les coins de la maison. La poussière règne. Tout se fane. Le bois prend une couleur terne. Les pièces ont des échos de tombeau. Vous y enterrez votre sommeil ou vos insomnies. Vous discutez sans arrêt. Tu poses des questions. Tu plaides VOTRE cause. Tu soulages ton cœur. Tu cherches encore ce qui vous relie. Aurore a réponse à tout, récuse tout. Objection, votre honneur !

Rien ne trouve grâce à ses oreilles. Elle s'obstine à tordre le fer. Le cercle devient carré, le carré se change en losange, et le losange se transforme en oiseau. Elle n'est pas d'accord ! De guerre lasse, elle te reproche de toujours te plaindre. Elle dit deux amies alors qu'elles sont amantes. Elle minimise la réalité, ôte les arêtes, rend tout lisse.

— *Deux amies ont le droit de faire la sieste !*

— ???

— *Ce n'est qu'avec une femme qu'une femme peut faire des courses ! Ça t'ennuie ?*

— ???

— *Tu as autre chose à faire !*

— ???

— *Tu n'es pas concerné !*

— ???

— *C'est toi-même qui m'as dit que je pouvais rester chez Mélodie !*

— ???

— *Que veux-tu que je fasse ? Que je me pende alors ?*

— ?!?!?!

De toutes les phrases, c'est cette dernière qui te fait le plus mal. Elle suggère une fatalité des sentiments qui ne laisse d'autre alternative que le suicide. Vivre, c'est vivre amoureuse de Mélodie. Le temps sans Mélodie est une sorte de vide d'avant le big-bang, une soupe fade où flottent de rares molécules. Un immense trou noir où le néant monte la garde. Une lune stérile. Aurore, une fois de plus, estime qu'elle n'a pas le choix. Pulsion incontrôlable... Proie dévorée et dévoreuse... Entre ceci et cela, le rien ! Sans ceci et cela, l'éblouissement de la mort comme signature de l'impossible. Peu importe la promesse d'être l'un pour l'autre des accoucheurs de vie. Peu importent vos communions passées. Et vos espérances d'antan. Il y a un siècle de temps.

— *On a le droit de changer.*

— …

— *J'ai besoin d'échanger, de communiquer !*

Elle hurle, assène avec l'arrogance de celle qui a trouvé la mesure de son manque. Dans la nuit, alors que peut-être Mélodie amasse ses fantasmes, Aurore mène sa guerre de tranchées à coups de certitudes, de mauvaise foi, de proclamation solennelle de la femme amoureuse.

Dans ta tête, tu rumines une lettre. Elle dirait à peu près ceci :

Ma chère Aurore !

Le droit de m'arracher les ailes.

Le droit de me crever les yeux.

Le droit de manger mon foie en salade.

Le droit de me défenestrer.

Le droit de me couper la tête.

Le droit de me jeter aux oubliettes.

Le droit de me donner du fer.

Le droit de faire de mon cerveau le plus féroce des camps de concentration.

Le droit de larguer ta bombe atomique.

Amen ! Je dis amen !

Tu as tous les droits puisque je mène, à cause de Mélodie, toutes les guerres de l'humanité. Les guerres d'amour résument toutes les guerres.

Cependant, as-tu conscience de tout ce que tes droits écrasent ?

J'avais fondé ce pari fou : celui de recevoir de toi et de te donner tout l'amour qu'une chair peut porter. C'est ringard, n'est-ce pas ?

Tes fruits ont séché et désormais je n'ai plus rien à cueillir.

Tu n'as pas de temps à me consacrer sinon ces heures qui ruminent.

Et le plaisir d'être ensemble, Aurore ?

La joyeuse gratuité de la source qui chante.

La jouissance de l'instant réinventé.

Le silence qui lie.

La parole qui flambe.

Ce NOUS qui jubile en nous.

L'écoute qui capte l'en dessous.

Le faire ensemble un nœud de bonheur.

Tu as tous les droits puisque nous vivons une époque où tout cela fait rire.

C'est le temps des meufs.

Le temps des girls.

Le temps des copines.

Le temps des z'amies.

Où sont passées les femmes ?

Les femmes poteau-mitan.

Les mâles-femmes.

Les Grandes Dames.

Les monuments d'amour.

Si je comprends bien...

Je n'ai pas droit aux bains de mer quand baigner veut dire aimer.

Je n'ai pas droit au galop quand les sabots sèment la fumée.

Je n'ai pas droit à la paille d'une sieste.

Je n'ai pas droit aux secousses de l'impatience.

Je n'ai pas droit aux paroles grillées dans un causer brûlant.

Je n'ai pas droit au merci d'un sexe qui déparle.

Si je comprends bien !

Je ne suis pas de la race de ceux qu'on piétine, et ma patience est plus grande que celle d'une nasse.

Tu lances que toutes les femmes ont des amies ou ont besoin d'amies.

Tu me cites en exemple telle ou telle. (Toi qui d'habitude refuses toute comparaison !)

Tu prétends que l'autre (les autres, dis-tu hypocritement !) enrichit notre couple.

Tu m'affirmes qu'un couple ne doit pas être un tête-à-tête. (C'est à moi que tu dis cela ?)

Tu me rappelles qu'il fut un temps où je passais beaucoup de temps avec une amie. (Tu oublies d'ajouter qu'en ce temps-là, tu freinais tous mes élans ! C'est moi qui t'ai enseigné le jeu ! La légèreté de découvrir sans se perdre. La générosité de donner sans l'avarice d'amputer ! Pour échapper au risque de la moisissure !)

C'était affaire de connivence, de confiance en toi, de foi en nous !

Tu prétends, sans sourciller, que je ne supporte pas que tu aies une amie.

Une amie qui, sur ton portable, porte le nom de « darling ».

Une amie à laquelle tu envoies, sans arrêt, des messages. Quels messages ?

Une amie avec laquelle, faute de pouvoir faire ta vie (ah, si j'habitais dans un grand pays !), tu fais ton vivre.

Une amie avec laquelle tu ouvres le jour et tu fermes la nuit.

Une amie pour laquelle tu t'es voulue toute neuve.

Une amie !

Moi, je dis que c'est un amant !

J'ai le droit de penser qu'une amie est une guirlande que l'on met, un peu de sucre dans le café, une véranda que l'on ajoute, une orchidée dans le jardin, un plus et non un tout ! Voilà ce que je n'arrive pas à te faire comprendre. Évidemment, c'est ringard. C'est out of time *! C'est beauf !*

Je ne me sens pas à ma place quand je vous suis où vous précède.

Je ne me sens pas à ma place seul dans mon lit.

Je ne me sens pas à ma place quand j'entends sonner, à toute volée, le nom de Mélodie.

Une amie n'est pas un figuier maudit dont les lianes sont des pieuvres.

J'aurais dû lui en vouloir à ton amie. La haïr même !

C'est tout le contraire !

Elle détient la clé de mon bonheur à venir car c'est grâce à elle que je découvre la femme que tu avais emmurée en toi !

Au plus haut de mon mal, il y a toujours ces miroitements, ces scintillements qui me parviennent. Ils m'enchantent parce que, malgré tout, ils sont les reflets de l'amour.

J'aurais tant voulu que tu m'aimasses comme cela. (Ah, « aimasses » ! Hélas !) C'est ce que j'attendais de toi. C'est ainsi qu'il faut aimer.

À défaut de tout ce que tu détournes vers elle, je me réchauffe auprès de vous ; j'ai si froid !

Je me rassure en postulant que si tu es capable d'aimer, un jour tu seras capable de m'aimer.

Je ne suis pas votre ennemi, je suis votre victime.

Et pourtant, d'une certaine manière, je veille sur vous. Je tremble pour vous.

Simplement, je réclame ma part de ce sublime désastre.

Je réclame ma part, oh ! Alors ouvrez-moi la porte !

Moi aussi, je veux être ta féerie et ta déroute.

Dans le feuillu sombre, j'aperçois des trahisons aveugles et des nids insolites.

J'entends la sauvage partition où tremblent des sanglots de guitare sèche.

Je réclame la nervure sensible d'une impossible paix.

Amère la langue qui dit : l'amour ou la mort !

Chair chauffée à blanc et qui rougit comme un vin de messe.

Toutes les prières du monde tapissent ma chambre noire.

Ciel nu !

Nos corps en dérade ont fracassé les dernières bouées.

Et surit à nos lèvres l'amertume de l'indicible.

Au plus bleu, ton sexe, yole folle, fend la nuit.

Tout le violacé sous les festons roses aiguise le bouton fauve qui jaillit de sa tanière et qui feule !

Quelle pluie nous flagellera ?

Quel pont arrondit son dos par-dessus l'orgasme ?

De quelles mines oubliées remonteront nos bégaiements d'étoiles et nos fouilles indécentes ?

Le couteau seul connaît la force de sa lame !
Le couteau seul !
Tout seul !
Quémandeur de rosée, je veux être couronné amant !
Au nom du don et du contre-don.
Je ne suis pas votre ennemi mais le gardien de vos épiphanies.
J'ai consenti à votre limon.
J'ai consenti à votre lait de fruit à pain.
J'ai consenti à votre miel.
Et j'ai grand goût de tout cela.
Je fais partie de vous et de votre mousson.
La véranda est longue, l'attente aussi.
Béances de l'angoisse ! Oh !
Tout ce sang ratissé au large de mes veilles.
J'ai ouvert les vannes et j'ai dit oui aux eaux du déluge.
Ce n'est pas bacchanale !
C'est, par-delà l'aimer et le souffrir, la folle invention d'un oiseau à trois ailes.

Ton Jérôme.

P. S. : *Personne ne parle plus comme ça aujourd'hui et c'est dommage pour l'amour ! Pardonne-moi d'essayer de dire. C'est une sérénade que je voulais te donner. Hélas ! les sérénades sont mortes, elles aussi ! Le plus beau des préservatifs ne remplacera jamais une sérénade.*

Évidemment, cette lettre n'a jamais existé et n'existera jamais. Ce sont des mots que tu remues dans ta tête. Histoire de faire passer la nuit.

Aurore dort d'un sommeil agité. Parfois, elle pousse des petits cris de bête blessée. Un cauchemar ? Une souffrance intérieure ? Malgré toi, tu es ému de la voir à ton côté. Si vulnérable !

20

Il y a tellement de temps qui te bousculent que tu ne sais plus où tu en es. Qui es-tu ? Tu ne le sais plus. Les temps se chevauchent, glissent en provoquant des séismes quotidiens. Tu ne sais plus si tu marches sur la terre ferme, sur des braises ou dans des sables mouvants. Tout ce que tu constates, c'est que tu as perdu l'équilibre et que, depuis, tes gestes sont des gestes-macaques. Tu n'es qu'un pantin désarticulé dont les ressorts sont cassés. Beaucoup de choses se sont cassées. La joie d'accueillir la lumière du matin. Le plaisir d'aller au travail. Le goût des repas du midi. Le bonheur de retourner à la maison. L'oubli de soi dans un lit. Tes certitudes se sont brisées. Plus rien n'est stable. Plus rien n'est sûr. Aurore elle-même dit qu'elle vit au jour le jour. Suis-je encore son compagnon ? Est-elle ma compagne ? Comment définir ce que vous êtes ? Comment communiquer avec un cerveau quasi autiste ? Et Mélodie ? Comment appeler Mélodie ?

Ta rivale ?

Elle ne mène aucune guerre contre toi. Elle se contente de jouir du pouvoir qu'Aurore lui a donné, d'occuper les provinces qu'elle lui a offertes. Elle t'avoue parfois qu'elle est dépassée par le cours des évènements. Elle affirme, *mea culpa,* qu'elle n'a rien fait pour ça.

Ton complément ?

C'est toi l'appendice !

Ton alliée ?

Elle te comprend, mais elle ne défend pas pour autant ta cause.

Vos identités sont brouillées. Qui êtes-vous dans cette ronde ? Chacun danse comme il peut. Seule Aurore a choisi sa place et son temps.

Tu avais pensé, en décidant de vivre avec Aurore, ne plus connaître ce temps qui râpe jusqu'à l'os. Tu avais pensé être plus fort que le temps. Tu te retrouves à terre. Coq sanguinolent dont nul maître ne réclame le cadavre. Tu es un éléphant sans cimetière pour mourir. Tu es un pauvre homme qui souffre.

Tous les temps te reviennent, sans ordre, sans but. Ton enfance, ton adolescence. Tes premiers pas d'homme, jeune, turbulent, vorace de la vie et fasciné par les femmes. Longtemps, nous ne sommes que le brouillon de nous-mêmes ! Ta rencontre fabuleuse avec Aurore et ce besoin de faire souche et de déposer tes valises.

Tu croyais avoir tout donné. Tout ce que tu pouvais. Tout ! Comme ces hommes touchés par la foi, tu t'es tué pour renaître en elle. Tu as tué le chasseur de plaisirs. Le mâle qui sondait toutes les sources. Le fêtard. Tu as rangé les jambes du danseur. Tu as enfermé le chien fugueur. Tu as limé les dents de tes folies. Tu as tué tes fraternités d'oiseau migrateur. Tu as assassiné tes souvenirs et trahi tes infidélités. Tu as coulé ton avenir dans un projet unique : réussir avec Aurore ! Et lorsqu'elle te disait que tes excès lui faisaient peur, tu rabotais tes verrues, tu émondais ton arbre et regardais la vie au balcon de son vouloir. Que de cadavres !

Tu as voulu te reconstruire pour gagner avec elle, pour vous gagner ! Tu as été vainqueur et tu l'as brandie au-dessus de la foule. Tu l'as propulsée. Tu l'as agrandie, embellie, choyée ainsi qu'on le fait d'une demeure impériale. Tu as renoncé à tout ce qui n'était pas elle pour conquérir le droit de dire NOUS. Seulement NOUS !

Tu croyais !

Tu te réjouissais déjà de la défaite de ceux qui pronostiquaient que cheval gagné en brocantage se perd en brocantage !

Tu croyais !

Et te voilà dans les rapides. Il a suffi d'un tremblement de cœur pour faire tomber vos murailles.

Échec et mat !

Il y a des mois-colères. Tu es toujours là. Bosselé, aveuglé par ses fastes, plus maigre qu'un rayon de bicyclette. À la portée de ses yeux comme un remords vivant.

Elle ne te supporte plus. Ta souffrance gâche son plaisir. Loin, le temps où elle se vantait devant ses amies extasiées : mon homme est formidable ! Il me laisse libre ! Loin, le temps où elle essayait de panser tes plaies. Un autre vent s'est levé. Tourbillonnent dans l'air vicié les feuilles mortes de ce que fut votre couple. Les mots sonnent durement et tranchent net. La moindre phrase dégoupille une grenade. De vieux chiens enragés se battent dans votre gorge. Tu as commencé à tenir un journal que tu as intitulé : *Journal de la nuée ardente.*

JOURNAL DE LA NUÉE ARDENTE *(page 15)*

Elle rentre vers 15 heures. M'annonce qu'elle est venue voir ma tête. M'informe qu'elle repart tout de suite pour participer à une fête qu'organise une amie. Revient vers 22 heures. À son retour, par dépit, je décide de sortir. Monte avec moi dans la voiture en exigeant une explication. Prétend ne pas comprendre ma réaction et m'avoir laissé seul par respect pour mon travail.

Finalement, nous allons au restaurant, sans Mélodie. Nerveuse, lointaine, hantée par son manque. Une droguée !

M'invite à aller, seul, en week-end pour que je pense à autre chose. Je n'y vais pas. Furieuse ! Avait-elle un projet caché sous son offre ?

JOURNAL DE LA NUÉE ARDENTE *(page 33)*

Elle a perdu un parent. Se comporte comme si l'événement ne me concerne pas. Refuse que je l'accompagne à la veillée mortuaire. À son retour, répond laconiquement à mes questions : « C'est une mortalité ! » C'est tout ! Froideur !

JOURNAL DE LA NUÉE ARDENTE *(page 40)*

Messala de passage. Nous convenons d'une sortie. Tout au long, se montre agressive envers moi. Finalement, explose à la table du restaurant. Nous sommes bloqués dans un embouteillage. L'atmosphère est tellement lourde et tendue que je sors de la voiture. M'ignore totalement. Messala nous propose de l'accompagner à un concert. Je ne veux pas y aller. Aurore veut. Crise très violente. Messala, effarée, conclut tristement : « Il n'y a plus de respect ! »

JOURNAL DE LA NUÉE ARDENTE *(page non foliotée)*

Sommes allés rendre visite à Messala. Aurore s'en prend à elle avec agressivité. Lui reproche de boire trop de vin ! Lui reproche diable et ses cornes. Elle déverse. M'ignore totalement. Pour donner le change, je mets de la musique et danse amoureusement avec un oreiller. Pathétique ! Aurore ne bouge pas. Ne voit pas. Messala scandalisée par son indifférence.

JOURNAL DE LA NUÉE ARDENTE *(page 54)*

Alors que nous dormons, Mélodie appelle. Aurore me réveille.

— Mélodie veut te parler.

— Dis à Mélodie de me foutre la paix !

Aurore continue à converser calmement et se transforme en furie après avoir raccroché. Mélodie ne viendra plus chez moi !

(Elle hurle !) M'accuse de vouloir lui faire perdre SA SEULE AMIE ! (Crescendo)

Pour la première fois depuis que nous vivons ensemble, m'injurie grossièrement. Emportée par sa colère, elle fracasse un vase. Elle déchire un pleurer hystérique.

— Je veux retourner chez ma mère ! Je veux retourner chez ma mère ! Je n'en peux plus !

J'essaie de la tenir pour la calmer. Elle se débat sauvagement. Son collier se brise. Les grains d'or s'éparpillent. Nous les ramassons sans parler. Tristesse ! Oh !

JOURNAL DE LA NUÉE ARDENTE *(page 60)*

Nous sommes dans la voiture. Je lui reproche de ne pas m'aimer. En guise de réponse, elle injurie ma mère.

— Tu es toujours après moi ! Tu ne m'aimes pas ! Tu ne m'aimes pas ! Je suis là ! Qu'est-ce que tu veux encore ?

— …

JOURNAL DE LA NUÉE ARDENTE *(page 69)*

Dîner à domicile en compagnie de Mélodie. Les paroles dérapent. Le ton monte entre Aurore et moi. Dans sa fureur, elle empoigne la bouteille de vin et essaie de m'asséner un coup sur la tête. Mélodie s'interpose et constate, pleine de compassion : « Elle est à bout ! »

JOURNAL DE LA NUÉE ARDENTE *(page 80)*

Au cours d'une soirée, nous rencontrons un ami qui propose de nous initier à l'équitation. Quelques jours après, j'aborde le sujet avec Aurore. Une belle idée, n'est-ce pas ? À ma grande surprise, elle me fait comprendre que ce qu'elle a prévu, c'est de faire du cheval avec Mélodie ! Indigné, je lui rappelle que la proposition a été adressée à tous les trois et non à elles seules. S'emballe !

— Tu ne peux pas être toujours avec nous ! TU ES TROP SOUVENT AVEC NOUS ! Nous avons besoin d'être entre femmes ! Sinon c'est une relation qui ne sert à rien ! Si je me suis procuré une amie, c'est pour vivre autre chose ! Je ne cherche pas à retrouver mon couple à l'extérieur !

Etc.

Les jours amers ont ceci de particulier : leur récit est impossible. Ils déversent leur bile dans un corps réduit à l'état d'usine à douleur. Le dit importe peu. Seule compte la violence des situations. Elle gonfle les yeux, déchire la voix, raidit les nerfs. Chacun transporte sa cargaison d'électricité, et tous les jours, toutes les nuits, vous fabriquez un orage. Vos corps s'évitent comme des navires de guerre. Langue, c'est coutelas. Au plus vif des riens, vos mots-prétextes s'enflamment.

Tu es de trop, et quoi que tu dises, quoi que tu fasses, tu es mal-présent.

Dans la débâcle, vos mots ne veulent plus rien dire. Ils vont pieds pour tête. Ils surgissent au hasard. Ils errent sur vos lèvres, écorchent votre langue avant d'aller mourir dans un champ de colère.

Mots cannibales !

Mariage veut dire lassitude.

Couple veut dire trois.

Amie veut dire amante.

Passé veut dire oubli.

Entre femmes veut dire avec Mélodie.

Discussion veut dire chacun défend sa peau.

Vous avez inventé une grammaire de la nuée ardente. Un dictionnaire des jours amers. Entre euphorie, complicité, lâcheté, culpabilité, jalousie, ras le bol, déception, folie, les mots s'entrechoquent et se brisent. Tu envoies des signaux de fumée. Aurore dessine des hiéroglyphes. Tu utilises des tatouages. Aurore trace des graffitis. Elle couve des silences, broie les mots en poudre, saupoudre des ressentiments et brandit sa devise : *« Sa ki mouri zafè kô yo ! »* Tant pis pour ceux qui meurent !

Injures. Vous voilà revenus à la naissance du langage. Tout se balbutie en sons éclopés. Vous êtes quelque chose qui n'a pas de nom et qui cherche désespérément à s'identifier.

21

Mon cher Jérôme,

J'ai lu ton Journal de la nuée ardente. *Je refuse de me sentir coupable, mais je ne suis pas une bête. Je vois bien que tu meurs à petit feu et je ne vais guère mieux malgré les apparences. J'ai beau faire, beau dire, tu restes encayé. Je ne peux plus supporter de te voir t'épuiser dans de longues méditations de chien perdu. Tu restes là, sous la véranda, sans grouiller ton corps, ensouché dans un lot de pensées blanches.*

Je sens ton débattre de taureau aux portes de l'abattoir. Lorsque je m'approche de toi, ton odeur de noyé me donne la nausée. Ton corps reste là et tu t'évades. Tu manges ton âme en salade et, dans tes yeux morts, je vois les punaises de ta peur. Zombie ! Cerveau inutile, excepté pour triturer un chapelet de questions. Au lieu de tes boyaux, un nœud de paille sèche au mitan de ton ventre. Et tout ce qui se condense en toi !

Je connais bien tes suées vertes, les chauves-souris qui baillent bal dans ta tête et tes insomnies. Tes insomnies !

Je n'ai pas peur de te perdre. Tu t'es perdu tout seul en voulant croire à l'immuable. Je n'ai pas peur de te garder. Tu te gardes tout seul derrière la prison de ta peur. J'ai seulement peur de la splendeur de ton désespoir.

Nous avons passé tant de gués, tant de jours maigres. Nous avons charroyé tant de défis. Désensablé tant de songes. Désarmé tant d'aveux. Entassé patience en pile. Ce serait gaspillage que de perdre tout cela !

J'ai beau te répéter que je ne t'enlève rien, que je n'ai rien contre toi, que tout ce que je veux c'est un petit brin de lumière, au versant de ma vie. C'est de vivre cette part de moi dont tu as fait provision.

Et puis qu'importe ce que je veux ! La vie coule en moi à grandes eaux débarrées, à grands flots d'enfance retrouvée. Ce que tu prends pour un péter-tête, c'est un ciel de marelle, un petit bijou scintillant au cou de mes quarante ans ! Un baiser de volcan, histoire de croire que la vie n'est pas froide et plate.

Qu'importe ce que je vis ! Qu'importe mon vouloir abaissé jusqu'à la mendicité ! Qu'importe mon désir et ma gratitude de femme comblée ! La consacrée ne t'enlève rien !

J'ai beau chanter tout ça, tu n'entends que tes cris de supplicié.

Oui, je t'avais dit oui, en baissant la tête… Quelques gouttes de sueur avaient perlé, à cause de mon émoi. Ce fut et ce sera notre seule cérémonie de mariage. Sans autres témoins que nous. Sans autre bénédiction que le bleu du ciel. Il faisait beau ce jour-là. Oui, j'avais dit oui et voilà qu'aujourd'hui ce oui exige son dû. Personne n'a droit à l'éternité, excepté les morts ! La vivante qui porte mon corps avait si peu d'années. Aujourd'hui, j'en ai quarante et si peu me relient à elle. Elle n'a pas disparu, elle a éclos...

Tu feins de croire que j'ai renoncé à toi. Tu veux exorciser mon cœur parce que tu crois qu'il est une diablerie de trois-chemins. Tu refuses de croire que les rivières descendent en la mer et qu'une femme qui dit oui est déjà veuve d'elle-même. Il arrive que le temps ait des mains d'assassin et des cruautés de cimetière... Il arrive, Jérôme !

Toi-même, toi-même, regarde tes cheveux rongés par le temps. Regarde ton ventre ! Et tu voudrais que ton sourire ouvre le même paradis ! Et là, je ne parle que de l'enveloppe ! Tout à l'intérieur, voilà où tout se joue !

Les rêves qui jaunissent au fond des yeux ; les blessures insoumises au fond du sommeil ; les contes auxquels on ne croit plus...

Toi-même, toi-même, homme de ma genèse et ramasseur de mon temps, pourquoi t'irriter pour quelques instants volés ? Je plaide l'impermanence. Je plaide la turbulence et la faiblesse des pétales devant la force du vent. Je plaide pour des nuits sans couvercle et de nouvelles récoltes. Je plaide pour tous les ballons qu'une main lâche. Sans quoi, ils ne volent pas... Je ne plaide rien du tout car seule ma chair sait...

Mais pour toi, vieux gardien, vieux geôlier, j'ai décidé de mettre de la distance entre Mélodie et moi...

J'ai signé d'une main qui ne voulait pas trembler, mais qui tremblait ! C'est la première lettre, la première vraie lettre que je lui écris. Je n'aime pas les lettres, elles ont toujours l'empreinte d'une mort. Je sais que Jérôme va allumer dix mille cierges…

Je suis revenue au « garage ».

Je dépoussière.

Je nettoie.

Je range.

J'arrange.

J'astique.

Rien n'échappe à ma rage. Il faut bien s'occuper !

Le carrelage luit. La cuisine sent bon. La chambre retrouve ses couleurs. Comme dans les belles publicités, les liquides, les poudres, les pâtes font des miracles. Les vêtements lavés chantent dans le vent. La Belle au bois dormant s'est rendormie. Notre maison frissonne d'aise. Le blanc paraît plus blanc. Le bleu plus bleu, et toutes les fleurs du jardin s'ouvrent pour fêter mon retour. Je suis sortie du coma. Jérôme reprend ses esprits et je raccommode la vie. Des odeurs de repas chauds. Le ronronnement du lave-vaisselle. Le vieux tambour de la machine à laver qui gémit de plaisir. Des odeurs et des bruits. L'eau qui coule des robinets. Les portes des armoires qui libèrent de douces plaintes. Jérôme reprend du service. Il balaie. Il brosse. Il plante en criant : « Aurore ! Oh ! »

Ne croyez pas que je ne sois bonne qu'à ça ! J'aime lire. J'aime mon métier. J'aime peindre et je suis assez douée pour la photographie. Je suis curieuse de tout et tout m'intéresse. Seulement, c'est ma façon de remettre de l'ordre dans ma vie. Je veux occuper mon corps !

Quand on connaît la fureur des cyclones et les tremblades de la terre, on sait reconstruire. On sait faire renaître les bourgeons. Jérôme porte manœuvre !

Le plus beau des garages est toujours une prison. J'ai beau plier mes ailes, elles demeurent trop larges. Je me cogne aux fenêtres, aux portes, aux cloisons, aux souvenirs. Ils brûlent l'intérieur de ma peau. Ils crient un nom que je ne parviens pas à effacer. Ils traversent la paroi de mon silence. Je flotte. Je titube. Je ne sens pas mon corps !

Les minutes, lapidées par l'absence de Mélodie, désarticulent mes journées. Je décline et mon élan s'amenuise. J'ai des engourdissements, des somnolences, des migraines. Je n'arrive pas à faire le deuil. C'est vrai que la maison brille et renaît. C'est vrai qu'un peu d'amour tremble dans le creux de mes mains. Mais le manque est trop grand et j'ai beau serrer les lèvres, il en sort des chansons tristes. Jérôme les reconnaît. Il les a mâchées avant moi ! Il connaît ce goût d'eau moisie où traînent des crapauds morts et des larves de moustiques. Il connaît cette voix engouée, cette sorte de râle qui alourdit le chant. Ces yeux qui fuient…

Je bouge, puis je m'assieds, saturée… À la longue, je reprends mon maigrir. Je m'étreins. Je m'éteins… Je suis une fumée de femme consumée. *Je suis sevrée !* Mal sevrée !

Je n'ai pas besoin de le dire à Jérôme. Il me voit m'étioler, mourir dans un limbé. Il sait… Pourquoi ma démarche se fait plus raide… Pourquoi j'ai du mal à remuer les mots… Pourquoi j'ai le blues… Pourquoi minuit n'a pas de hanches… Il sait… Il ressent tout ce qui se passe en moi.

Il se passe quelque chose d'incroyable ! Épouvanté par tant de détresse, il compatit. Sa rage bat une marche arrière. Il sait qu'il n'est plus question de lui, mais de moi ! Il ne veut pas d'une femme-machine ! Il comprend que c'est à mon tour de compter sur lui. Il veut me sauver !

Il va trouver Mélodie. Il lui parle. Il lui explique que personne ne peut vivre sans âme. Il ne s'agit pas de m'empêcher de vivre. Il voulait retrouver sa place dans ma vie. Mélodie, trop heureuse, a feint de ne pas comprendre. Elle a sorti son refrain :

— C'est dans ta tête que cela se passe !

C'est sa manière de se dédouaner.

— Tu exagères !

Elle sait très bien qu'il dit vrai.

La maison, tant recherchée, est enfin trouvée. Un coup de pouce d'on ne sait quel dieu.

Nous remplissons des caisses à longueur de journées. Nous trions le passé. Légères, nous vivons intensément l'allégresse des retrouvailles. Nous transpirons. Je me dévoue. Réconciliée avec moi-même et avec Jérôme, je soulève, je transporte, je range. Nous rions. Peu à peu, la maison de Mélodie ressemble à un navire qu'on abandonne. Seule la piscine ne sait pas que ses jours sont comptés.

22

Par petites touches, tel un tableau qui naît sur la toile d'un peintre, Mélodie et Jérôme se sont rapprochés. Elle réclame sa présence de plus en plus. C'était la peur de Jérôme qui l'effrayait, et il ne l'a plus.

Les longues heures passées à discuter, à démêler les fils, à échanger des mots pour apaiser Jérôme ont tissé, entre eux, une affectueuse complicité. Les yeux de Mélodie se remplissent de lucioles lorsqu'elle entend sa voix. Feu doux, elle l'enveloppe, multiplie les attentions et se laisse couler dans un bain de plaisir. Leurs phrases tressent une belle vannerie. Accueillante, bienveillante, elle a toujours su l'écouter et a fini par devenir son seul médicament. Elle a toujours recueilli les miettes de son désarroi. Confesseur, confidente, amie… Amie ?

Elle admire son pessimisme tranquille et, dans le fond, elle trouve une certaine élégance dans sa relation avec le désespoir.

Il est toujours vivant et je sens qu'il succombe au charme de Mélodie, même s'il est toujours ému par moi. Il se délecte du bonheur d'être avec nous, et nous finissons par former, avec lui, une chaîne d'union.

Nous aimons nous fondre, tous les trois, dans le sirop d'une musique. Nous aimons, tous les trois, apprécier le plaisir d'être ensemble. Nous nous tâtons du regard et laissons infuser le désir dans nos silences. Laisser flotter les sens ! Intensité muette ! Tous trois reliés à nos instants ! Tous les trois encordés, prêts à affronter le toit de l'univers.

Il a suffi d'une note pour créer notre symphonie.

La veille du déménagement de Mélodie, dans un salon encombré de caisses, nous dansons. Jérôme avait déjà dansé avec Mélodie, mais il se dégage d'elle une telle sensualité qu'il en est tout bouleversé. Leurs corps flottent. Tout naturellement, ses lèvres cherchent les siennes. Soudure. Ils boivent l'éternité. Tout l'infini de sa féminité se répand en lui. Elle l'attire dans un boucan de soupirs et de frissons. Bruissement des souffles. Ses mains encerclent son cou avant de plonger dans son dos. Ils multiplient les caresses. Allongée sur le canapé, je les regarde avec des yeux de chatte. Faussement indifférente, je les soutiens. La musique se termine, mais ils continuent à tanguer, l'un contre l'autre, étroitement serrés !

À mon tour ! Nous donnons au temps un ralenti. Mon dos s'arrondit comme un arc qui se tend. Une fifine de volupté sort des reins de Mélodie. Nos bras enserrent des volcans, creusent des sources et ferment la ronde. Danse des amphores ! Danse des mornes ! Danse des orchidées bleues ! Sirop d'étoiles ! C'est plus fort que

Jérôme ! Attiré par nos gestes de cueilleuses de miel, il vient nous rejoindre…

Nous voici tous les trois dans la chair tendre de la nuit. Jérôme respire la nuque de Mélodie tandis qu'elle doucine le bassin d'Aurore. Nous picorons les étoiles et traversons des barrières de feu. Nous ne dansons pas, nous prions ! Totems enflammés, nous dansons, oiseaux fous, poissons volants, et nous vivons notre corps dans la louange.

Un pont de lucioles relie nos sangs et l'amour pond des œufs d'or dans nos yeux. Après, nous nous effondrons sur le canapé, haletants de bonheur. Nous avons franchi une autre étape. Nous nous sommes révélés dans l'éblouissement d'une danse, et depuis, la boîte du temps semble trop petite pour enfermer nos émotions.

Nous allons pique-niquer, les soirs de pleine lune, sur une plage. La mer ressemble à un ventre énorme. Côte à côte, religieusement, vous communiez. Ceci est mon sang ! Ceci est mon corps ! La pleine lune nous remplit et met dans nos cœurs la ferveur des nouveaux croyants. Nous avons foi dans le sable. Nous avons foi dans la tendresse de la nuit. Nous avons foi en nous.

Mélodie et moi, nous plongeons dans la mer. Nous nous laissons bercer. Nous nageons. Nous disparaissons pour ressurgir en bouquet de lueurs. Nos seins nus allaitent les vagues et nous faisons de grands signes à Jérôme. Il nous contemple, femme-miel et femme-bronze ! Il nous avouera plus tard que nous enrichissons les battements de son sang et que chacune d'entre nous, sirène, lamantin, maman-dlo ou diablesse, porte un morceau de lui. « Vous cousez le taffetas de mes fantasmes », ajoute-t-il d'un air plein de sous-entendus.

La nuit est un havane très doux. Un nuage, quelque part, gonfle ses joues comme un saxophoniste, et la mer a des échos de free jazz. Nous dansons avec nos semelles de sable, en paix et en harmonie avec la trompette bouchée du vent et l'absinthe des étoiles. Des flocons de rires s'envolent. Désormais, Jérôme a sa place.

Il est, selon les jours, un prince arabe aux bras de son harem, un prisonnier enchaîné à ses gendarmes. Nous avons inventé le tandem à trois places. Il y a des jours porte-bagages. Des jours assis sur le guidon. Des jours de parade et des jours fériés. Peu importe ! Nous roulons à travers nos blues, nos nuits de chanvre bleu et nos vaudous d'amour. Nous roulons tous les trois, agrafant des baisers aux étoiles, peignant le ciel en rose. La lune est notre invitée d'honneur, notre seul témoin. Atout trèfle !

Mélodie a fini par déménager.

Le mois de juillet envoie monter ses chaleurs. Un pacte est scellé. Tout marche à merveille. Six bras, six jambes, un seul corps. La sainte trinité !

Au spectacle, au cinéma, en boîte de nuit, en promenade, nous célébrons l'art d'être trois. Heureux, trop heureux, cœur dans cœur, nous aimons rester entre nous. Au silence qui tombe, à la gêne qui monte, tout intrus comprend. *Do not disturb !*

Nous chevauchons les jours et les nuits avec des éperons d'or. Nous dansons chez nous. Nous dansons tous les trois. Barreaux brisés ! Filets déchirés ! Enfin, Mélodie et moi, nous nous enivrons du plaisir de danser au milieu du tourbillon des reins, du frottement des corps, des regards concupiscents, des jambes enlacées et des bras qui se lèvent pour cueillir la vie, des lumières tournoyantes et de toute une explosion de chair dégoupillée.

Samba ! Beau battement de ti-bois haut flambé !
Samba ! Ébats éblouis d'aubes bleues !
Samba ! Babil d'arabesques de bambous !
Samba ! Barrissement de bourrasques !
Samba ! Baobab brûlé !

Nous dansons ce que danser veut dire !

Blottis dans un bruissement d'hibiscus, nous habitons le monde de la danse. Dans notre arche de Noé, nous embarquons des flamants roses, des colibris, des tourterelles. Nous dansons et la terre fond sous nos pas.

Les jours ont changé de couleur. Nous nous nourrissons de roses de porcelaine. Nous naviguons dans une pirogue de cristal. Nous découvrons des îles et des planètes.

Il n'y a pas de capitaine, pas de mousse. Seulement nous trois ! Nous nous suffisons. Le vent est fluide et continu. La mer, là, c'est l'huile ! Il nous arrive, de plus en plus souvent, d'ouvrir des portes miraculeuses.

23

La lune donne tout son lait. Solitaire et bienveillante, elle couve notre union. Nous roulons, fascinés par la beauté de la nuit et l'éveil de nos sens. Nous roulons et le désir bégaie en nous. L'impalpable est parmi nous. L'inévitable aussi. Il y a tant de douleurs à racheter ! Tout est si fragile et si gorgé d'envie ! La vie n'est qu'un charroi de sang chaud.

À ce silence tombé, je devine le tracé et la migration des mains d'Aurore. Ce n'est que le prélude. La traversée d'une frontière d'ombre par le serpent de l'éclair. Je devine Mélodie, yeux clos, accueillant la faveur. Je devine les cuisses offertes et la dédicace des lèvres. L'hameçon d'un dieu espiègle. L'éponge de la toison. La caïmite pure et bleue toute parfumée.

Aurore sur la calebasse peinte jouant son jeu d'orfèvre. Elle a pris racine dans cette conque où tant de cris vont mourir. J'entends une plainte de tourterelle piégée. Mélodie module son chant, femme restituée à sa fleur, avant de se défaire en convulsions.

Le reste est un siècle de chaux vive et de petites morts.

Nous entrons dans une forêt avec nos ailes d'éphémères. Nous sommes des toupies folles. Les bois sont généreux ce soir. Ils accompagnent nos chants par la gorge des insectes. Les ombres sont sous tension et des chaos de lumière chiquetaillent le feuillage. Un baiser est parti, puis deux, puis trois mille !

Les seins ramassent toutes les clartés. Ils remplissent la forêt de douceurs. Les lèvres éparpillent des papillons bleus tout partout. Les baisers sont des joyaux.

Il y en a une qui fait l'éventail. Elle a des jambes d'arbre du voyageur. Il y en a une qui, au mitan de la fêlure, subit le supplice du corridor incandescent.

Amours buissonnières !

Mélodie devient fluorescente. Il lui pousse des fesses bleues, et juste à l'embouchure, un nénuphar qui pleure. Ravagée, mignonnée. En sourdine d'abord, *piano, piano,* puis *crescendo* !

Et s'infiltre, en nous trois, l'arôme de la nuit. Et dessous la pleine lune, les feuilles argentées applaudissent nos joutes et nos tueries. La pleine démesure de la chair et la déchirure de l'air.

Traversée de miroirs fous !

Inventaire des métamorphoses !

Nous sommes des passerelles de lianes vertes, des envers insondables, des temps dilatés, des congres d'eau douce et des pollens d'or. Mes amis ! Mes amis !

Nous ôtons l'écorce, jetons nos peaux pardessus bord et plongeons au plus profond de nous-mêmes. Amants, nous transperçons l'éternité.

Nous sommes trois, mais une seule grappe d'étincelles. Les insectes chuchotent qu'ils ont vu une bête à trois têtes qui essorait sa joie dans un brasier de citronnelle. D'autres ajoutent qu'ils ont entendu la débâcle, la gangrène d'un plaisir sous la pluie. Longue est la nuit et virtuose aussi !

Nous trois, comme un ouragan sans frein. Tambours et tumbas, batteries et gongs. Nous improvisons des solos de percussion. La pluie s'essouffle devant tant de luxure. Fin du voyage. Nous rentrons dormir. La lune reste, caillot de lumière, comme médusée d'avoir vu.

La lune consigne dans son journal des rêves d'autres chorégraphies.

Il y est écrit que nous fûmes des marqueurs de nuits blanches ; que nous avons marché sur la pointe des tempêtes ; que la mer mimait nos creux et nos dissidences ; que nous fêtions d'éblouissantes jongleries ; que nous avons connu la force sonore de l'euphorie.

Assis, couché, debout, dit le conte. Il paraît que nous fûmes assis, couchés, debout dans les flancs de la nuit et les haubans d'un rêve. La lune l'a écrit ! Elle a consigné la fermentation de nos huiles. Elle a observé nos machines volantes. Elle a écouté nos orageries. Le ciel a dispersé sa semence et la lune a vacillé d'avoir trop recelé notre commerce.

La lune raconte, mais c'est un mentir, qu'elle nous a suivis tel un attelage impair fuyant la vermine du quotidien ; qu'il y avait un homme qui marchait tout partout accompagné de deux prêtresses mambos, adoratrices d'Erzulie ; que nous labourions les ténèbres à la recherche de trésors enfouis dans nos songes. La lune raconte tellement d'histoires à dormir debout ! Elle croit que les amants sont des meutes de chiens fous !

Elle nous aurait pistés tandis que des brises vérifiaient la force de nos ailes. La mer, affirme-t-elle, riait de toutes ses fossettes, et nos corps s'apprêtaient pour les fauveries du jour.

En fait, elle déparle. Comment croire un instant que nous avons cherché la passe du soir dans l'éclat de nos plaies ? Qui donc parle de lèvres greffées et de délices de sources ? Comment accepter cette histoire d'oursins bleus en instance de pleurer, et de bête sans épaules ? Ne sachant plus quoi dire, elle parle de forges féminines, de bûchers de vierges, de libations, de fièvres !

À l'en croire nous aurions réclamé des suites nuptiales, du champagne, de l'encens, des airs de mandoline et le levain de la pluie sur les tôles, et même le galop des chevaux de l'Apocalypse.

Il ne faut jamais écouter le délire de la lune !

Au-delà des plaies enjambées et déjambées, nous avons appris que c'est notre sang qui éclaire le chemin.

Nous avons traversé bien des frontières, débarré bien des carrefours, décapité des colères et libéré les dragons. La route nous a menés à cette bordure du monde où s'arrêtent les conquêtes et où les boussoles tournent folles.

Et nous voilà, tous trois, les pieds dans les étoiles, allongés côte à côte comme des barques au quai, bercés par des cadences fragiles et rapprochant nos cambrures. La mer est à nos pieds.

Elle dit que d'autres ports nous attendent et qu'il faut des naufrages pour découvrir des îles.

Nous savons qui nous sommes : des mangeurs de pleine lune !

24

C'est moi la lune ! Qu'il me soit permis d'ajouter mes mots à cette histoire. Certains croient que je suis un témoin muet qui se contente de promener son œil par-dessus le débattre des humains. Ils se trompent. J'ai à dire…

Votre couple a péri, et ce qui surnage n'a pas de nom. Vous avez perdu l'innocence et toutes vos certitudes ont été broyées. De nouvelles cicatrices ravinent votre peau et vous savez que jamais plus vous ne serez pareils. Le MOI d'Aurore a tonné en creusant de grandes trouées. Le serpent a parlé. Vous voilà nus, l'un devant l'autre, prêts à respecter vos fragilités et n'essayant pas de contrarier votre mue.

Vous, Jérôme, inconsolable et pourtant agrandi par les serres de la douleur. Vous, Aurore, plaidant non coupable, mais rendue enfin accessible à l'amour. Le verdict est écrit dans la main des nuages. Il n'y aura pas de mariage à Los Angeles. Pas de photos. Pas de témoins. La vérité c'est que, depuis longtemps, vous êtes déjà mariés ! D'avoir connu le pire sans vous briser en est la meilleure preuve. Et lorsque vous mourrez, la vie pourra dire que vous avez vécu le temps des tourterelles.

Vous demeurez attelés au même joug. Votre île semble cassée après l'éruption. Regardez bien, elle n'a fait que remodeler ses anses et ses mornes. Chacun cherche son vent, mais c'est une même main qui tient vos cerfs-volants.

Désormais, Jérôme, vous ne direz « je t'aime » qu'avec prudence ; l'écho a peur des mots qui veulent durer. Aurore sait que vous êtes son premier témoin, sa première victime et sa dernière chance. Faites la planche sur l'écume des jours et, de temps en temps, essayez de réinventer la nuit.

Vous vous plaignez, Jérôme, car vous n'avez personne d'autre à aimer ni personne d'autre de qui attendre l'amour. Vous avez tort ! Commencez par vous aimer. Êtes-vous sûr de vous aimer ?

C'est vrai que vous n'avez pas su découvrir, à temps, ses terres les plus fertiles, parce que vous n'avez pas su courtiser le temps qui passe. Il réveille les petites filles dans le cœur des femmes. Il leur révèle leur vérité cachée. Il libère les oiseaux qui ont peur de vieillir. De toute façon, cela ne pouvait venir de vous ! Cette délivrance et cette audace ! Tambour au loin a toujours meilleur son ! Mais, sans vous, il ne lui sert à rien ; malgré les apparences, c'est avec vous qu'elle danse sa vie. Mélodie n'est qu'un détour, une envie de femme enceinte, enceinte d'elle-même !

Il est des moments où le destin sème des étoiles sous vos pas. Vous marchez alors avec légèreté. Vous ajoutez des couleurs au ciel. Le soleil ressemble à une orange juteuse. La terre entière devient votre jardin, et vous jouissez en maître et seigneur de toutes ses merveilles. À vous, toutes les formes de vie, y compris celles que vous n'avez jamais osé imaginer. Vous savez que la terre est cabossée mais vous avez choisi le vol des tourterelles.

Dans ces moments-là, votre femme vous semble toute neuve, fraîchement sortie des mains de la Création. Elle s'est moulée dans l'argile de votre cœur et vous avez devoir de parachever sa beauté. Sa voix réveille les morts et tout en elle fait mourir les vivants. Des souvenirs dansent sous vos paupières et vous voyez l'invisible. Toutes les routes vous ramènent à la fleur de son nombril. Et lorsqu'elle marche à côté de vous, une avalanche de bleu tapisse, en vous deux, les pentes de votre ascension. Vous la regardez et vos yeux sont deux gouttes de prière.

Dans ces moments-là, l'homme en vous comprend pourquoi il est sur terre. Aimer et souffrir vont bras dessus, bras dessous, comme deux fous au bal de leur folie. Vous comprenez aussi que l'amour et la souffrance ignorent la science des géomètres. Ce sont des épices sans maître. Elles vous traversent, répandant leur brûlure, sans se soucier du jugement de votre langue.

Vous voilà désormais tous les trois, face au visage scarifié de la mer, fredonnant, sans connaître la fin, le cantique des tourterelles.

Faugas, le 10 mai 2004

DANS LA MÊME COLLECTION

Jean Bernabé
LE BAILLEUR D'ÉTINCELLE

préface de Raphaël Confiant

Une sage-femme, Man Jolius, bénévolement assistée de sa toute jeune fille, prophétise un destin d'exception à un nouveau-né, Lorimer Printemps, fils d'un paysan de Bois-Cacao, section rurale rattachée à une commune méridionale d'une île de la Caraïbe qui pourrait bien être à la Martinique. L'enfant, particularité anatomique peu banale, possède deux verges.

Calalou n'a de cesse d'être la révélatrice des dons exceptionnels de l'adolescent qui, véritable « bailleur d'étincelle », sait illuminer le cœur des femmes, porter secours à toute souffrance mais aussi rester libre de toute fascination pour son extraordinaire puissance sexuelle.

Sous l'action de « marchands du temple », dont l'inénarrable commère Man Zonzon, Bois-Cacao devient, contre le gré de Lorimer, un lieu de pèlerinage à la dévotion du mage qui refuse la qualité de mage et attribue les miracles aux dispositions d'âme des miraculés eux-mêmes…

Né en 1942 au Lorrain (Martinique), Jean Bernabé est agrégé de Lettres et professeur d'université. Linguiste, il est l'un des spécialistes internationaux de « créolitique ». Auteur d'une grammaire des créoles martiniquais et guadeloupéen (Fondal-Natal, 1982) qui fait Éloge de la créolité *(Gallimard, 1988) avec Patrick Chamoiseau et Raphaël Confiant.*

« Un premier roman très réussi. »
(Le Nouvel Observateur)

« Cette fable paillarde et loufoque acquiert au fil des pages profondeur et gravité. Écrit dans une langue précieuse mais truffée d'expressions créoles, le premier roman de Jean Bernabé invite au voyage. »
(Lire)

ISBN 2-909240-52-5 / 50-2865-1 / 272 pages / 18,95 €

Raphaël Confiant
LE BARBARE ENCHANTÉ

Au mois de mai 1887, le peintre Paul Gauguin, à la recherche d'une nouvelle manière de vivre et d'exercer son art, quitte la France pour Panama, où il envisage de s'installer sur une île déserte avec son ami Charles Laval, tout aussi inconnu que lui.

La faillite de la Compagnie du Canal qui l'emploie, les assauts de la fièvre jaune et l'indifférence de son négociant de beau-frère ont raison de son rêve, fracassé contre la barrière de l'Atlantique.

Les deux infortunés décident alors de mettre le cap sur l'île de la Martinique, « pays des dieux créoles ». C'est un envoûtement immédiat, qui durera cinq mois. Cinq mois d'une vie spartiate, dans une case en bordure de mer, au côté des travailleurs nègres et indiens d'une grande plantation de canne à sucre. Mais cinq mois d'une rencontre émerveillée, celle de l'Afrique et de l'Inde dans leur déclinaison créole, témoins d'un amour clandestin et passionné…

Né en 1951 au Lorrain (Martinique), Raphaël Confiant a publié plusieurs romans en langue créole avant d'embrasser la langue française en 1988 avec Le Nègre et l'Amiral *(Grasset) et* Eau de Café *(Grasset, prix Novembre 1991). Depuis, il poursuit une double carrière d'écrivain* (Commandeur du sucre, Régisseur du rhum, La Dissidence, *Écriture) et d'universitaire. Il est l'un des chefs de file des lettres antillaises avec Jean Bernabé et Patrick Chamoiseau.*

« S'appuyant sur de nombreux documents inédits, Raphaël Confiant nous livre un récit foisonnant qui vient éclairer une période souvent négligée par les biographes. »

(Le Nouvel Observateur)

ISBN 2-909240-54-1 / 50-2800-6 / 312 pages / 18,95 €

Cet ouvrage à été composé
par Atlant'Communication
aux Sables-d'Olonne (Vendée)

Impression réalisée sur CAMERON par

BRODARD & TAUPIN
GROUPE CPI

La Flèche
en septembre 2004

pour le compte des Éditions Écriture
département éditorial
de la S.A.R.L. Écriture-Communication

Imprimé en France
N° d'édition : 61 – N° d'impression : 25815
Dépôt légal : octobre 2004